KB115300

데일리 히어로

FUSION FANTASTIC STORY

인기영 장편 소설

DAILY
HERO

데일리 히어로 5

인기영 장편 소설

초판 1쇄 찍은 날 § 2015년 3월 18일
초판 1쇄 펴낸 날 § 2015년 3월 25일

지은이 § 인기영
펴낸이 § 서경석

편집부장 § 권태완
편집책임 § 이창진

펴낸곳 § 도서출판 청어람
등록번호 § 제387-1999-000006호
등록일자 § 1999. 5. 31
어람번호 § 제1-2082호

주소 § 경기도 부천시 원미구 부일로 483번길 40 서경B/D 3F (우) 420-822
전화 § 032-656-4452 팩스 § 032-656-4453
http://www.chungeoram.com
E-mail § chungeorambook@daum.net

ISBN 979-11-04-90165-2 04810
ISBN 979-11-316-9293-6 (세트)

데일리 히어로

FUSION FANTASTIC STORY

인기영 장편 소설

DAILY HERO

5

데일리 히어로
DAILY HERO

CONTENTS

Chapter 1
바루스 마테리안 남작

바스타드 소드의 굵은 날은 피를 잔뜩 머금었다.

"마테리안은 어디 있나."

내 입에서 분노로 점철된 음성이 흘러나왔다.

바루스 마테리안 남작의 집사 포르마의 다리가 바들바들 떨려왔다.

하지만 그는 불굴의 의지로 내게 맞섰다.

"나는 모른다!"

그건 내가 원한 대답이 아니다.

모른다?

그렇다면 도륙할 뿐이다.

이미 내 가슴속에서 활화산처럼 터져 버린 분노는 아무도 막을 수 없었다.

"그럼 너도 죽어라."

바스타드 소드를 높이 들었다.

뚝. 뚝.

붉은 피가 한 방울, 두 방울 떨어지며 무서운 정적을 만들었다.

그때.

"멈추어라!"

천둥이 치는 듯한 노호성이 내 뒤에서 터져 나왔다.

몇 걸음 떨어지지 않은 곳에서 호위기사 제르만을 대동한 마테리안 남작이 날 노려보고 있었다.

"더 이상 무의미한 살인은 그만두어라!"

스르릉!

마테리안 남작과 제르만이 검을 뽑아 들었다.

허공에서 마테리안 남작과 내 시선이 맞부딪쳤다.

그의 눈동자는 이해 못 할 광기에 젖어 있었다.

이제껏 내가 봐왔던 청렴결백하고 공명정대하며 늘 평민의 편에 섰던 어진 마테리안 남작은 거기에 없었다.

대체 무엇이 그를 이토록 변하게 만든 것인가?

아니면, 원래 이런 사람이었던가?

내가 알고 있던 마테리안 남작은 다 만들어진 거짓 인물이었단 말인가?

"당신한테 묻고 싶은 게 많습니다."

"검을 거두어라, 길버트!"

검을 거두라고?

웃기는 소리.

서걱!

"……!"

바스타드 소드는 무심하게 휘둘러졌고, 집사 포르마의 머리가 바닥으로 떨어져 뒹굴었다.

털썩.

머리를 잃은 몸뚱이는 힘없이 쓰러져 경련을 일으켰다.

"길버트으!"

마테리안 남작이 목이 터져라 고함쳤다.

그가 호랑이 같은 눈을 부릅떴다.

한 번도 본 적 없던 무시무시한 얼굴.

저것이 그동안 미소 속에 감춰뒀던 그의 진짜 모습이란 말인가?

난 바스타드 소드를 마테리안 남작에게 겨누었다.

"왜 그랬습니까?"

"무엇을 따지러 온 것이냐!"

마테리안 남작은 아무것도 모른다는 듯 되물었다.

"나를… 레드 텅 용병단을 왜 죽이려 한 겁니까!"

"멋대로 내 저택에 처들어와 무고한 생명들의 목을 베놓고서 이 무슨 헛소리를 하는 것이란 말이야!"

"당신의 기사와 병사들이 날 죽이러 왔습니다. 살라반! 살라반의 배신으로 고블린을 잡으러 갔던 레드 텅 용병단은 트롤 무리에게 죽임을 당했습니다! 나만 겨우 살아남아 동료들 몰래 사둔 저택으로 돌아왔으나 미리 와서 잠복하고 있던 기사와 사병들이 날 죽이려 했습니다! 그 사병들의 검과 갑주엔 마테리안 남작가의 문양이 각인되어 있었단 말입니다!"

"그러하겠지!"

뭐지?

지금 순순히 자신이 벌인 짓을 인정하는 건가?

하지만 내 예상은 틀렸다.

"너희 반란군 놈들을 제압하기 위해서 내가 직접 보냈으니!"

"…뭐? 반란군이라니… 그게 지금 무슨……."

너무 어처구니가 없어 말도 제대로 나오지 않았다.

"살라반이 아니었으면 레드 텅 용병단이 칼밥만 평생 먹고 살 순진한 녀석들이라고 생각했겠지. 그러나 살라반은 너희들이 꾸미고 있던 반란에 대해 소상히 털어놓았다."

"살라반이… 그랬다고? 녀석은 어디 있습니까?"

"알 필요 있을까? 다만, 이번 역적 토벌을 하게 된 데엔 살라반의 공이 컸고, 그는 진심으로 뉘우치고 있었기에, 죄를 면해주기로 했다."

"누가? 국왕 폐하께서?"

"말을 높여라!"

호위기사 제르만이 노성을 터뜨렸다.

마테리안 남작이 손을 들어 그를 제지했다.

"어차피 이 자리에서 처형될 놈이다."

"누가 살라반의 죄를 면해주기로 했느냐 물었다!"

"아직 국왕 폐하께선 이 일을 모르신다. 그러니 나와 너만 함구하면 살라반은 무사하지 않겠느냐? 물론 너는 죽음으로 함구해야 할 테지만!"

이런 젠장할!

이게 지금 무슨 말이야?

살라반이… 살라반이 정말 그런 말을 했다고?

"레드 텅 용병단은 단 한 번도 반란을 도모한 적이 없다!"

"이미 살라반은 충분한 증거를 가지고 왔다. 해서 난 역적을 토벌키 위해 살라반에게 말했지. 너희를 트볼의 숲으로 끌어들이라고. 혹시 몰라 네놈이 몰래 사두었던 저택과, 레드 텅 용병단의 본거지에도 기사와 사병들을 보내놓았다."

"……!"

대체 이 상황을 내가 어떻게 이해해야 하는 거지?

"말도 안 돼. 이건 모함이야!"

"더 이상의 말은 필요 없다! 제르만! 저놈의 목을 가져와라!"

제르만이 말에서 내려 내게 달려들었다.

그는 제법 이름 있는 기사였다.

실력도 뛰어났다.

적어도 나와 대등하거나 조금 우위였다.

조금 전까지는.

그러나 지금의 난 바뀌었다.

예전의 길버트가 아니다!

카앙!

제르만의 검과 내 바스타드 소드가 부딪치며 불똥이 튀었다.

제르만은 검을 밀어내며 재차 공격을 이어나갔다.

그의 검의 큰 호를 그리며 짓쳐들어 왔다.

하지만 느렸다.

나는 몸을 틀어 그의 검을 흘려보내고 한 손으로 멱을 잡아 끌어당겼다.

퍽!

"큭!"

그러고는 머리로 콧잔등을 들이박았다.

제르만이 비틀거리는 순간 종아리를 걷어찼다.

빡!

"크악!"

제르만이 외마디 비명과 함께 그대로 무너졌다.

내게 얻어맞은 그의 종아리가 부러져 이상한 각도로 휘었다.

나는 다시 일어나려고 버둥거리는 제르만의 가슴을 짓밟았다.

콰직! 드득!

"컥!"

뼈가 부러져 나가는 느낌이 확연히 전해졌다.

그대로 바스타드 소드를 휘둘렀다.

서걱!

"……!"

제르만의 목이 깔끔하게 잘려 나갔다.

잘린 목에서 울컥거리며 피가 흘러나와 바닥을 붉게 물들었다.

난 바스타드 소드를 들어 마테리안 남작을 겨누었다.

"말해라, 마테리안 남작. 이런 짓을 벌이는 이유가 무언지!"

마테리안 남작은 비릿게 웃었다.

"내가 알던 길버트가 아닌 것 같군. 제르만을 능가하는 실력자는 아니었던 걸로 기억하는데."

"쓸데없는 얘기를 들을 여유 따윈 없다. 말해라!"

"간밤에 무슨 일이 있었던 것인지는 모르겠으나, 나 역시도 예전 같지는 않을 게다."

마테리안 남작의 눈이 갑자기 붉게 물들었다.

이어, 그의 주변에서 검은 기운이 너울거리며 흘러나왔다.

뭐지, 저건?

검은 기운은 마테리안 남작의 검에 모여들었다.

은빛 검은 이내 무거운 묵빛으로 변했다.

"후우… 후우우우……."

마테리안 남작의 숨이 거칠어졌다.

더불어 그의 몸에서 느껴지는 기운도 거칠어졌다.

그리고 숨이 턱턱 막히는 위압감이 날 짓눌렀다.

"으아아아아!"

마테리안 남작이 성난 맹수처럼 포효했다.

그와 동시에 남작의 이마에서 검은 뿔 하나가 불뚝 솟아났다.

'붉은 눈, 요사스런 검은 기운, 이마의 뿔.'

그 모습은 마치 전설 속에서만 들어왔던 마족의 것과 똑같았다.

"후후후… 후하하하하하!"

마테리안 백작이 전율하며 웃음을 터뜨렸다.

그가 피처럼 붉은 눈동자로 나를 바라보며 말했다.

"마인(魔人)을 직접 대면하는 기분이 어떠냐."

"마인?"

"지금 네 눈으로 보고 있지 않느냐. 마족과 인간 사이에서 태어난 불쌍한 존재. 인간에게도, 마족에게도 환영받지 못하는 돌연변이. 그 마인을 네가 지금 보고 있는 것이다."

느닷없는 상황의 반전은 날 혼란스럽게 만들었다.

마족에 대해서는 나도 알고 있다.

오래전, 이 대륙엔 마계에서 넘어온 마왕 군단으로 인해 커다란 전쟁이 벌어졌었다.

오십 년 동안 이어졌던 전쟁은 지상계의 승리로 끝났다.

하지만 그 대가는 처참했다.

인류의 수는 절반 이하로 줄어들었고, 인간과 동맹을 맺었던 오크와 엘프, 드워프, 페어리족들도 거의 멸종 직전에 몰리고 말았다.

지상계의 모든 종족은 다시 종족 보존과 발전을 위해 애썼다.

전쟁이 끝난 지 이제 겨우 사십 년이 지났다. 아직 잃어버린 모든 것을 되찾기에는 부족한 시간이다.

아니, 전쟁이 남긴 상흔은 세상 곳곳에 남아 있다.

그중 일부는 아물지 못하고 곪아 터지는 중이다.

그 상흔을 돌보기에도 손이 모자랄 지경인데, 내 앞에 스스로를 마인이라 칭하는 자가 나타났다.

마족이 아니라고 한다.

마족과 인간의 피가 반반씩 섞인 종족이라고 말했다.

한마디로 내가 여태껏 알고 지냈던 바루스 마테리안 남작은 애초부터 인간이 아니었다는 것이다.

갑자기 변해 버린 그의 모습에 혼란스러웠다.

인정하기가 힘들었다.

내가 아는 마테리안 남작은 누구보다 어질고 공명정대하며 평민을 위할 줄 아는 진실된 귀족이었기 때문이다.

하나… 사실 그게 진실된 모습이 아니었고, 줄곧 연극을 해 왔던 것이라면 이해할 수 있다.

차라리 잘됐다.

내겐 이편이 더 낫다.

내가 알던 이가 어느 순간 변해 버렸다는 건 가슴 아픈 일이다.

하지만 그 오랜 시간 동안 날 속여왔던 것이 진실이라면, 그저 분노만이 차오를 뿐이다.

이제 일말의 망설임 없이 마테리안 남작에게 검을 겨눌 수 있게 되었다.

"고귀하고 어진 귀족인 척하느라 힘들었겠군."

내 말에 마테리안이 피식 웃었다.

"아니. 인간인 척하는 것 자체가 힘들었지. 마테리안 남작가는 헤네토스 신을 열성적으로 섬기는 이들이어서 한 달에 두 번은 신전에 들르곤 했으니까. 혹시라도 신관들이 내 정체를 알게 되면 어쩌나 걱정했지만, 그들은 모르더군."

순수한 마족이 아니어서 신관들을 속일 수 있었던 모양이다.

아무튼 그가 마인이라는 건 알겠다.

그래서 여태껏 제법 괜찮은 귀족 인간인 척 연기해 왔던 것도 알겠다.

그런데… 왜 지금 이 시기에 레드 텅 용병단을 죽음으로 내몬 것인가?

정말로 살라반이 우리들을 역적이라 거짓 고발했고, 그 말을 믿어버린 것인가?

"궁금해 미치겠다는 얼굴이군."

마테리안이 조롱했다.

난 딱히 어떤 반응을 보여야 할지 몰랐다.

지금 내가 할 수 있는 일은 명징하다.

마테리안에게 이 사건의 자초지종을 듣고 난 뒤, 그를 죽이는 것.

하지만 듣지 못할 것 같다면 그냥 죽인다.

그게 전부다.

왜 마인이라는 존재가 탄생한 건지 따위는 내 알 바 아니다.

그가 마인이라는 것도 중요치 않다.

다만 살라반이 날… 레드 텅 용병단을 배신한 이유가 무언지 알고 싶을 뿐이다.

그런데 마테리안이 뜻밖의 얘기를 꺼냈다.

"살라반은 나와 같은 마인이었지."

"……!"

뒤통수를 크게 얻어맞은 것 같았다.

살라반이… 마인이었다고?

"마인들은 서로를 알아볼 수 있다. 지금껏 나는 나와 같은 마인을 셋 만났다. 살라반은 그중 한 명이다. 어쩌면 전 대륙에 그보다 많은 마인들이 살아가고 있을지도 모르지."

믿을 수가 없었다.

나에게는 가족과도 다름없던 살라반이… 마인이었다니.

순간, 그동안 그와 함께 쌓아왔던 추억들이 주마등처럼 펼쳐졌다.

그것은 아주 찰나지간 동안 벌어진 일이었다.

살라반은 나와 숱한 전장에 나가며 생사고락을 함께했다.

누구보다 서로를 잘 알고 있다고 생각했다.

살라반은 내게 있어 최고의 파트너였다.

살라반 역시 나를 그렇게 생각할 거라고 믿었다.

그런데 아니었다.

나는 살라반에 대해 아무것도 모르고 있었다.

모든 것이 꾸며진 것이었고 거짓 행동이었다.

처음부터 살라반은 내게 가족 같은 정 따위는 느끼지 못했던 것이다.

다… 연극이었고, 나 혼자 그것을 진실로 믿어 허우적댔다.

"충격이 큰 모양이군."

"너희 마인들이… 얻으려는 게 대체 뭐냐."

"제물이 필요했지."

"제물?"

"가장 가까이에, 그리고 쉽게 제물로 바칠 수 있는 인간들이 있기에 이용했을 뿐. 그 이상도 이하도 아니다."

"레드 텅 용병단원들을… 제물로 바치려 했다고?"

"부아가 치밀어 오르나?"

"……."

마테리안이 비릿한 미소를 머금었다.

그의 전신에서 일렁이는 검은 기운이 점점 더 강렬해졌다.

"재미있는 걸 보여주지."

마테리안이 오른손을 쫙 펴 하늘 높이 들어 올렸다.

그러자 주변에 늘어진 시체들에서 맑은 기운이 빠져나와 그의 손바닥 안으로 흡수되었다.

"뭘… 한 거냐."

"죽은 자의 영혼은 훌륭한 제물이 되지."

"그 제물이라는 걸로 무엇을 할 셈이냐. 설마……."

"뻔한 것 아닌가?"

순간 가슴이 쿵 하고 내려앉았다.

이 녀석들은 너무나 위험한 걸 계획하고 있었다.

"마왕 재림."

마테리안이 천천히 고개를 끄덕였다.

"하나 아직도 제물이 모자라다."

마테리안의 시선이 내 뒤의 저택으로 향했다.

저택의 1층 창문에는 모두 환히 불이 밝혀져 있었다.

한바탕 인 소란에 잠에서 깬 하인들이 창 너머로 이 광경을 지켜보고 있었던 것이다.

"내 정체를 알았으니 더 이상 살려둘 순 없겠지."

그 말과 함께 녀석의 검 끝에서 일렁거리던 마기가 수백 가닥으로 나뉘어 바람처럼 뻗어 나갔다.

콰차차차차차창!

마기들은 저택 1층의 유리창을 모두 부수고 안으로 들어갔다.

동시에.

"으악!"

"꺄아아악!"

"크허억!"

하인들의 비명 소리가 울려 퍼졌다.

그러나 몇 초도 채 지나지 않아 정적이 찾아들었다.

검은 마기가 다시 회수되고, 뚫린 창 너머에선 수백 개의 영혼이 빠져나와 마테리안의 손바닥으로 흡수되었다.

"이제 여기엔 너와 나 둘밖에 없다."

마테리안의 붉은 눈은 점점 더 짙어지는 광기로 번들거렸다.

마인?

그래, 처음으로 만나본다.

그가 인간을 초월하는 엄청난 힘을 지녔다는 것도 알겠다.

한데 솔직히 두렵지는 않다.

한참 전부터 내 안을 가득 채우고 있는 분노 때문인가?

그렇지만은 않다..

내 인생의 마지막을 바꿀 기회를 손에 넣으며 함께 얻게 된 강인한 힘!

그것 때문이다.

탁 까놓고 말해서, 난 스스로를 마인이라 칭하는 마테리안이 가소롭다.

한데 아마 그건 마테리안도 알고 있을 것이다.

만약 놈이 내가 우스워 보였다면 굳이 마인으로 각성하지도 않았을 것이다.

평소 마테리안의 검술은 나를 능가할 만큼 뛰어났다.

하지만 이제는 내가 더 강하다.

그래서 마테리안은 각성했다.

그럼에도 불구하고 여전히 난 그보다 강했다.

마테리안은 각성한 이후로도 한참 동안 내 심기를 어지럽히려 들었다.

섣불리 덤벼들지 않았다.

그 말인즉, 마테리안도 이 싸움이 힘들다는 걸 인지하고 있다는 것이다.

내 평정심을 깨뜨린 다음 허점을 노릴 셈이었겠지.

그렇다면 속전속결이다.

다른 더러운 짓을 못하도록 먼저 벤다!

타탁!

땅을 박차고 앞으로 튀어나갔다.

소라스와 바레지나트의 영혼이 내 육신을 전보다 더욱 강하게 만들어주고 있었다.

힘과 민첩성이 비약적으로 성장했다.

그렇다 보니 움직임 하나하나가 가벼웠다.

빠르고 힘이 있었다.

눈 깜빡할 찰나, 난 벌써 마테리안의 지척에 다다라 있었다.

마테리안의 눈동자에 처음으로 당혹의 기색이 어렸다.

쉭!

내가 바스타드 소드를 휘두르는 순간, 마테리안은 묵빛 검을 동시에 휘둘렀다.

그것은 거의 동물적 감각에 의한 행동이었다.

목숨의 위험을 느끼고서 본능적으로 몸이 먼저 반응한 것이다.

카캉!

내 검과 마테리안의 검이 부딪혔다.

나는 검 손잡이를 양 손으로 잡고 힘을 실어, 마테리안을 밀어붙였다.

"큭!"

마테리안이 신음을 흘리며 뒤로 물러났다.

그가 오른쪽 다리를 후방으로 쫙 뻗어 바닥에 척 고정했다.

하지만 그렇게 해서는 내 힘을 끝까지 버틸 수 없다.

내가 체중까지 실어 밀어붙이자 지지대처럼 고정해 둔 마테리안의 오른쪽 다리가 살짝 구부러졌다.

스앗!

순간 오싹한 소리와 함께 복부에서 날카로운 기운이 느껴졌다.

난 내리누르던 검을 떼 밑으로 휘두르며 뒤로 세 걸음 물러났다.

카캉!

내 검과 무언가가 부딪혔다.

그것은 마테리안의 몸에서 솟구친 검은 기운이었다.

저택의 하인들을 모두 죽여 버렸던 그 기운이 내 복부를 노렸던 것이다.

내가 물러나자 여유를 되찾은 마테리안이 히죽 웃었다.

"놀랐나? 이건 마기(魔氣)라는 것이다."

"마기?"

"마족의 피를 이어받은 자들만이 다룰 수 있는 기운이지."

"조금 놀라긴 했으나 별건 아니군."

"과연 그럴까?"

마테리안이 눈을 부릅떴다.

이어 그의 전신에서 전보다 더한 위압감이 폭출되며 마기가 아지랑이처럼 피어올랐다.

그 마기들은 수백 가닥의 실처럼 나뉘어 대가리를 내 쪽으로 향했다.

"막아낼 수 있나 보지."

마테리안이 입을 다무는 순간 수백 가닥의 마기가 내게 짓쳐 들었다.

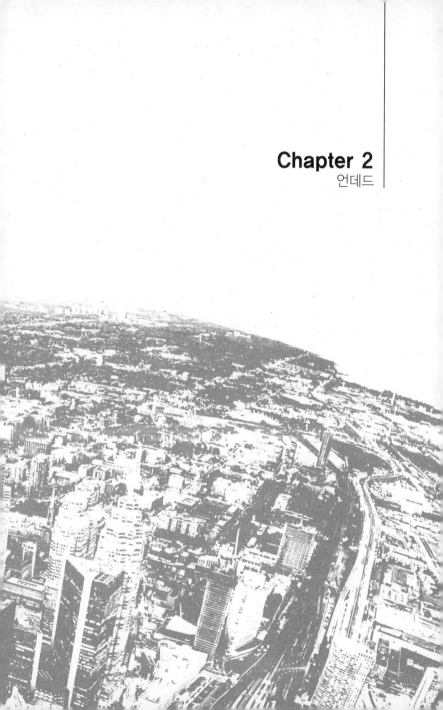

Chapter 2
언데드

　과연 마기라는 새로운 종류의 기운에 내 몸이 버텨낼까?

　좀 전에는 그런 확신이 없어서 피했다.

　난 지그문트의 능력으로 아이언 스킨을 가지고 있다.

　때문에 어떠한 무기로도 내 몸에 상처를 낼 순 없었다.

　그러나 마기 역시 같을까? 라는 의문에 대해서는 확답을
내리기 힘들었다.

　수백 가닥의 마기들은 풀어헤쳐진 실타래마냥 내 몸 곳곳
을 향해 날아왔다.

　난 바스타드 소드를 풍차처럼 휘둘렀다.

　카카카카카캉!

수백 가닥의 마기들은 거대한 바스타드 소드의 날에 얼어맞아 모조리 끊어졌다.

　하지만 모든 마기를 깔끔하게 막아낼 수 있었던 건 아니다.

　그중 세 가닥이 빈틈을 뚫고 들어와 내 몸에 닿았다.

　그래, 말 그대로 닿았을 뿐이다.

　피부를 뚫고 들어가진 못했다.

　'아이언 스킨이 막아내고 있다.'

　그렇다면 더 이상 마기도 무서워할 대상이 아니다.

　난 세 가닥의 마기를 손날로 단숨에 잘라냈다.

　후두둑.

　힘없이 끊어진 마기가 바닥에 떨어져 연기처럼 흩어졌다.

　마테리안이 흠칫거렸다.

　"마기를 손으로 끊어?"

　"간지럽군."

　"하, 하하하하하하하!"

　마테리안은 돌연 광소를 터뜨렸다.

　"아하하하하하하하!"

　뭐가 그렇게 재미있는지, 허리를 뒤로 꺾은 채, 한 손으로는 이마를 잡고서 계속해서 웃어댔다.

　그러다 어느 순간, 갑자기 웃음을 뚝 그치더니 매서운 시선을 내게 던졌다.

　"하룻밤 새 무슨 일이 있었던 거냐."

녀석은 정말로 궁금해했다.

자기가 예상했던 것보다 더 많이 강해진 내 모습이 놀라운 모양이다.

"알 필요가 있을까. 어차피 여기서 죽을 텐데."

"죽어? 누가? 내가? 웃기고 있구나."

"이미 너와 나 사이의 갭이 얼마나 큰지 몸소 느꼈을 텐데."

"마인인 내 능력이 고작 이 정도라고 생각했다면 오산이다."

"할 수 있는 걸 다 해봐라. 네 묏자리에 어떠한 변명도 새길 수 없도록!"

"그 말… 후회하게 해주마."

물론 난 마테리안이 자신의 능력을 다 펼칠 수 있을 만큼 여유를 주겠다고 말한 적 없다.

난 빠르게 달려들어 마테리안의 몸을 벴다.

서걱!

하지만 마테리안도 이미 내 행동을 예상했는지 뒤로 물러났다.

난 멈추지 않고 녀석을 따라잡아 재차 검을 휘둘렀다.

바스타드 소드는 거대한 검이다.

일반인은 드는 것조차 힘들다.

난 오래전부터 이 검을 사용해 왔고 언젠가부터 롱소드처럼 가볍게 다룰 수 있었다.

한데 영혼의 힘을 얻고 나서부터는 바스타드 소드가 깃털마냥 가벼웠다.

그러니 지금의 내 검이 얼마나 빠른지는 말로 다 설명할 수 없을 정도였다.

따라서 그것을 가까스로 피해내는 마테리안도 보통은 아니었다.

다만, 그에겐 반격할 시간이 주어지지 않았다.

카캉!

다시 한 번 내 검을 피하려던 마테리안이 찰나의 타이밍을 놓치고서 검을 들어 막았다.

일반적인 롱소드였다면 바스타드 소드와 이 정도의 힘으로 맞부딪치는 순간 부러졌을 것이다.

한데 마기를 머금은 묵빛 검은 견뎌냈다.

"이제 물러나지 않는다."

마기가 내 몸에 해를 가할 수 없다는 걸 알았다.

전처럼 뒤로 물러나는 일은 없을 것이다.

난 마테리안을 완벽하게 잡았다고 생각했다.

그런데.

"내가 아무 생각 없이 피해만 다녔겠느냐?"

"……?"

녀석이 무슨 말을 하고 있나 싶었다.

이 상황에서 입꼬리를 슬쩍 말아 올렸다.

그것은 단순히 허세를 부리는 게 아니었다.

분명 믿고 있는 비장의 한 수가 있었다.

그게 무얼까, 궁금해하던 그때.

덥석! 덥석!

무언가가 내 발목을 세게 움켜쥐었다.

내 움직임이 잠시 막힌 순간, 마테리안이 내 검을 쳐내고 뒤로 몸을 뺐다.

동시에, 녀석의 어깨에서 검은 날개가 솟구쳤다.

마테리안은 힘차게 날갯짓하며 하늘 위로 날아올랐다.

난 내 발목을 잡은 게 무언지 확인했다.

그건⋯ 내 칼에 맞아 죽은 병사였다.

"그으으⋯ 그으어어어어⋯⋯."

녀석은 입으로 이상한 신음을 흘리며 두 팔로 내 발목을 꽉 쥐었다.

한데 놈은 하반신이 없었다.

내 검에 깔끔하게 잘린 허리에서는 오장육부가 튀어나와 줄줄 흐르고 있었다.

그런 상태에서 두 팔로 기어와 내 발목을 잡은 것이다.

"그어어어⋯⋯."

"흐어어⋯⋯."

녀석 하나가 아니었다.

죽어 있던 병사와 기사, 하녀들이 모두 일어나 맹목적으로 내게 다가오고 있었다.

"언데드 몬스터… 좀비!"

내가 소리치자 하늘에서 마테리안의 웃음소리가 들려왔다.

"하하하하하! 그래, 맞다. 좀비지. 사령술은 본래 마계의 것! 죽은 모든 자들은 마(魔)의 노예가 된다. 내 몬스터 군단이 마음에 드는가? 싸워보거라, 길버트. 그들은 온몸이 가루가 되기 전까지 네게 달려들 테니!"

이렇게까지 치졸한 수를 쓸 줄은 몰랐다.

지금 내게 덤비는 좀비들은 본래 마테리안 남작가의 사람들이었다.

다들 무의미하게 죽어갔다.

마테리안을 향한 나의 분노 때문에.

제물을 필요로 했던 마테리안의 욕심 때문에.

그들은 마테리안 남작가를 지키려 했을 뿐이고, 늦은 밤 소란에 깨서 눈앞에 펼쳐진 무서운 광경을 숨죽여 지켜봤을 뿐이다.

그렇게 죽어간 이들을… 마테리안은 좀비로 만들었다.

제대로 장례를 치러주어도 부족할 판에, 그들을 욕보였다.

"그어어어!"

내 발목을 잡고 있던 좀비가 입을 벌려 다리를 물려고 했다.

하지만 그보다 내 검이 먼저 놈의 머리를 깨부쉈다.

퍼석!

"……."

머리를 잃어 두 팔만 남은 좀비는 손톱을 세워 날 뜯으려 들었다.

난 그 팔마저 자르고 다시 손을 조각냈다.

"그래. 네가 원하는 것이 이런 지옥이라면… 거절 않고 맞 서주마."

차갑게 식어 뻣뻣한 몸을 겨우 움직이며 좀비들이 떼로 몰 려들었다.

그중 선두에 있던 세 마리의 목을 한칼에 쳐 냈다.

우르르 쓰러진 녀석들의 사지를 다시 잘랐다.

바닥에 구르는 머리를 발로 밟아 터뜨렸다.

그리고 좀비 무리 안으로 뛰어들어 가 바스타드 소드를 풍 차처럼 휘둘러 쳤다.

서거거거걱!

"그어어어!"

"그오어어……."

좀비들이 바스타드 소드에 얻어맞아 힘없이 쓰러졌다.

이 녀석들은 상대하기에 힘든 부류가 아니다.

분명 힘은 살아생전의 인간일 때보다 몇 배 이상 세진다.

그러나 움직임이 느리다.

맞지만 않는다면 치명상을 입지는 않는다.

하지만 좀비라는 존재가 상대하기 힘든 건 사지가 잘리고 목이 떨어져도 움직인다는 것, 그리고 망자를 상대한다는 것에 대한 공포 때문이다.

나도 죽음에 대한 공포는 분명 존재한다.

아마 이전의 나였다면 이들을 상대하면서 바들바들 떨었을 것이다.

그러나 난 이미 한 번 죽음이라는 걸 경험해 봤다.

그것이 죽음에 대한 공포를 많이 희석시켜 주었다.

망자를 상대하면서도 그다지 큰 공포를 느낄 수 없었다.

이미 무서울 게 없는 팔자다.

사납고, 사납고, 또 사납기만 한 인생이었다.

그 인생의 배신과 동료들의 죽음, 그리고 내 숨이 끊어지는 것으로 끝나고 말았다.

하지만 그 지옥 속에서 난 되살아왔다.

이깟 좀비 나부랭이들이 어찌할 수 있는 몸이 아니란 말이다!

"우워어어어어어어!"

가슴속 분노와 함께 고함이 터져 나왔다.

바스타드 소드는 더욱 무섭게 휘둘러졌다.

사방에서 좀비의 살이 썰리는 소리가 들려왔다.

콰직!

바닥에서 기어 다가오는 좀비의 머리를 바스타드 소드 끝으로 내리찍었다.

바스타드 소드는 놈의 머리를 박살 내고 땅 속 깊숙이 틀어박혔다.

난 아직도 몰려드는 좀비 무리에게 오른손을 내밀고 뇌 속성 중급 마법의 시전어를 외쳤다.

"라이트!"

순간 내 손에서 뻗어 나간 여러 다발의 뇌전이 좀비 무리를 강타했다.

번쩍!

파지지지직! 파지직!

"구어어어어!"

"그오어어어어!"

좀비들은 몸을 바들바들 떨며 움직이지 못했다.

그들은 고통을 느끼지 못한다.

비명을 지르는 건, 고통 때문이 아니다.

몸을 속박한 뇌전의 힘을 이겨내기 위해 안간힘을 쓰는 것이다.

그러나 소용없는 짓이다.

지렁이도 밟으면 꿈틀한다.

그런데 그냥 꿈틀할 뿐이다.

그게 사람에게 위협이 되진 않는다.

지금의 좀비들도 마찬가지다.

놈들이 발버둥치려 할수록 피부는 까맣게 타들어 가고, 나중엔 속살까지 모조리 타버렸다.

뇌전이 끝나는 순간, 검게 그을린 뼈다귀만 남아 바닥에 우르르 쏟아져 내렸다.

"마법?"

마테리안의 음성이 하늘에서 들려왔다.

분명 혼잣말을 중얼거린 것일 테지만, 파펠의 능력인 뛰어난 청력은 녀석의 목소리를 정확히 내게 전해주었다.

놀란 김에 선물 하나 줄까?

난 마테리안에게 오른손을 뻗고 화 속성 중급 마법을 시전했다.

"파이어!"

마테리안이 눈을 부릅떴다.

내 시전어와 함께 허공에서 바위만 한 불덩이가 만들어져 녀석에게 날아갔다.

쐐애애애애액!

마테리안이 그것을 피할 시간은 없었다.

녀석이 검을 앞으로 내밀었다.

그의 몸에서 어마어마한 마기가 흘러나와 검에 모여들었다.

그러자 묵빛 검의 날을 중심으로 마기의 장막이 펼쳐졌다.

콰아아아아앙!

불덩이는 그 장막에 부딪혀 폭발했다.

마테리안은 폭발의 여파에 휘말려 뒤로 죽 날아갔다.

그러나 이내 날갯짓을 하며 다시 우뚝 멈춰 섰다.

이마에 흐르는 식은땀을 닦아낸 그가 죽일 듯한 시선을 내게 던졌다.

눈빛으로 나를 어찌할 수 있을 것 같은가?

이미 좀비들도 대부분 정리되었다.

남은 녀석은 열둘 남짓.

하지만.

"파이어."

쐐애애액! 콰앙!

방금 그 녀석들도 마법 한 방으로 정리했다.

이제 다시 마테리안과 나의 싸움이 되었다.

불에 타고, 번개에 그을려 살을 잃어버린 좀비들은 아무것도 할 수 있는 게 없다.

정원에 남은 거라고는 잘게 짓이겨진 살덩이와 뼛조각들뿐이었다.

"내려와라."

내가 마테리안에게 말했다.

하지만 마테리안은 고개를 저었다.

"아직 내 차례가 아닌 것 같군."

"뭐?"

다다닥. 다닥.

그때 이상한 소리가 들려왔다.

무언가 싶어 뒤돌아보니, 조각났던 뼛조각들이 한데 붙어 사람의 형태를 갖춰가고 있었다.

"설마… 스켈레톤?"

내 혼잣말에 마테리안이 대답했다.

"그래, 스켈레톤이다. 내 자식들은 끝까지 상대해야지?"

화가 나다 못해 어처구니가 없었다.

마테리안 백작가의 사람들을 좀비로 부활시키더니 이번엔 스켈레톤으로 만들었다.

"후우."

한숨이 절로 나왔다.

그동안 내가 보아왔던 마테리안의 어진 모습들이 떠올랐다.

그게 다 연극이었을 걸 생각하니 역겨움에 치가 떨렸다.

"그래, 다들 조각을 내주마. 다시는 마테리안이 너희들을 이용하지 못하도록!"

내 검이 다시 한 번 불을 뿜었다.

*　　　*　　　*

스켈레톤을 처리하는 데는 뜨거운 차 한 잔을 마실 만한 시
간 정도밖에 걸리지 않았다.

비로소 마테리안은 더 이상의 언데드를 만들어내지 않았
다.

하지만 그렇다고 바닥으로 내려오지도 않았다.

계속 하늘에서 날갯짓만 하고 있었다.

"뭘 하자는 거냐."

마테리안은 무언가 잠시 생각하는 듯했다.

그러더니 손가락을 딱 튕겼다.

"좋은 제안을 하지."

"제안?"

"어차피 이 세상은 마왕의 천하가 될 것이다."

"누구 마음대로."

"지상계를 침략했다가 마계로 쫓겨났던 마왕이 그대로 포
기했을 거라 생각하나? 아니지. 분명히 또다시 침략할 날을
기약하며 마왕 군단을 부활시키고 있을 것이다."

"마왕의 재림을 막을 것이다."

"네가? 어떻게 막겠다는 거지? 어디서 마왕 재림의 의식이
행해지고 있는지는 알고 있나? 알아냈다고 해도 혼자서 네 명
의 마인을 상대할 수 있을까? 미리 말해두지만 다른 마인들은
나보다 훨씬 강하다."

"찾아내서 막는다, 반드시."

"그렇게 고지식하게 나오지 말고 차라리 우리와 손을 잡는 게 어떻겠는가?"

"손을 잡아?"

"네가 마왕의 편에 서서 우리를 도와준다면 마왕 천하가 되었을 때 개국공신의 대우를 해주지. 세상의 일부를 네 발아래 두는 것이다. 용병들이 가장 원하는 파라다이스가 그거 아닌가? 목숨 건 전장에서 살아남아 번 돈으로 떵떵거리며 사는 것! 그 꿈을 들어주겠단 말이다."

"헛소리 집어치워라."

"내가 잘못 짚었는가?"

아니, 마테리안의 말이 맞다.

용병들은 단순하다.

그들은 늘 생사의 기로에서 아슬아슬한 줄타기를 한다.

살아남으면 돈을 벌고, 죽어버리면 그걸로 끝이다.

그래서 성정들이 하나같이 단순하다.

맞으면 맞는 거고, 아니면 아닌 거다.

싫은 사람한테는 싫다는 티를 내고, 좋은 사람한테는 좋다는 티를 낸다.

하기 싫은 일은 죽어도 안 하고, 하고 싶은 일은 곧 죽어도 한다.

그게 용병이다.

그런 만큼 꿈도 단순하다.

열심히 칼밥 먹어가며 번 돈으로 편안한 노후를 보내는 것이다.

만약 그전에 큰 건 하나 잡아서 일찍 돈을 벌게 된다면 더 좋을 것이고.

나 역시 용병이었다.

그러니 마테리안의 말처럼 안락한 생활이 빨리 오기를 바랐다.

그래서 레드 텅 용병단을 빨리 성장시키려 했다.

돈이 되는 큰 의뢰들만 받아 나와 내 동료들이 많은 돈을 빨리 벌 수 있도록 하기 위해서 말이다.

하지만 용병들이 돈이나 안락한 생활보다 더 중요하게 생각하는 것이 있다.

동료다.

이 단순한 놈들은 의리에 목숨을 건다.

사실 전장에 나가서 죽는 용병 중 반은 동료 때문인 경우가 허다하다.

자기는 살 수 있었는데, 동료가 죽어 넘어지는 보는 순간 눈이 돌아 돌진해 버린다.

어떻게든 몸을 사렸다면 무사히 살아 돌아와 그토록 좋아하는 돈을 만질 수 있었을 것이다.

하지만 동료가 죽는데도 자기 안위를 걱정하는 용병은 없었다.

그런데 나는… 모든 동료를 잃었다.

다들 나를 살리기 위해 온몸으로 오우거를 막아냈다.

한데 지금… 그런 내게 그 더러운 손을 내밀어?

"정신이 나가도 제대로 나갔구나, 마테리안."

"…거절인가?"

"거절이다. 그리고 네놈의 목, 당장 거두어주마!"

"안타깝군."

마테리안은 더 높이 날았고, 나는 녀석을 오른손으로 겨누었다.

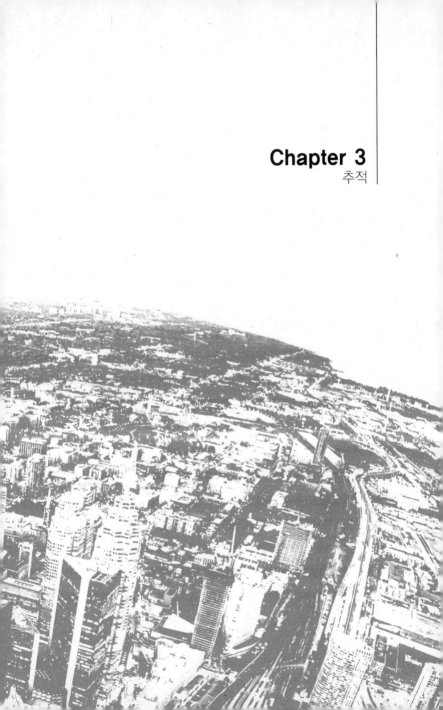

Chapter 3
추적

"라이트!"

뇌 속성 중급 마법의 시전어를 외쳤다.

허공에서 형성된 뇌전이 번쩍! 하며 마테리안에게 쏘아져 나갔다.

파지직! 지직!

마테리안은 불덩이를 막아낼 때처럼 마기의 장막을 펼쳐 자신을 보호했다.

번개는 그 장막에 맞아 마테리안에게 닿지 못했다.

마테리안이 날 조소하며 말했다.

"넌 아무것도 막을 수 없다. 인간이란 얼마나 무력한 존재인지 절망 속에서 깨치거라."

마테리안이 하늘 높이 솟구쳐 내게서 멀어져 갔다.

나는 빠르게 달려 그를 쫓았지만, 결국 시야에서 놓치고 말았다.

그때 사위에서 소란스러운 소리가 들려왔다.

갑주가 부딪히는 소리.

다급히 뛰어오는 수십의 발소리.

경비대가 다가오는 모양이었다.

여기에 더 있다간 일이 복잡해질 것이다.

나는 어둠 속으로 빠르게 모습을 감춰 저택을 벗어났다.

*   *   *

인적이 없는 좁은 골목길에 몸을 숨기고서 생각을 정리했다.

마테리안 백작과 살라반은 본래 마인이었다.

인간과 마족의 피가 반반씩 섞인 이들을 마인이라 부른다.

그들은 스스로의 정체를 숨긴 채 인간인 척 연기하며 살아왔다.

마인은 그들을 비롯해 두 명이 더 있다.

어쩌면 전 대륙적으로 더 많이 존재할지도 모른다.

어찌 되었든 지금 마왕의 재림을 위해 손을 잡고 있는 마인은 총 넷이다.

살라반과 마테리안, 그리고 아직 정체를 모르는 두 명.

그들을 막지 못하면 마왕이 재림하고 만다.

그러나 어디에서 마왕 재림의 의식을 거행하고 있는지 알 수 없다.

나는 그들을 어떻게든 찾아내어 막아야 한다.

하지만 대체 무슨 방법으로 찾는단 말인가.

암흑이다.

깜깜한 암흑 속에서 헤매고 있는 기분이다.

이렇게 시간을 보내고 있는 와중에도 마왕의 재림을 위한 의식은 계속된다.

'어떻게 해야 하지?'

고민에 고민을 거듭하고 있을 때.

타닥!

우측 담벼락에서 무슨 소리가 났다.

반사적으로 바스타드 소드의 손잡이를 잡으며 몸을 틀었다.

그런데, 내 눈에 들어온 건 삼색 고양이 한 마리였다.

고양이는 담벼락에 네발로 서서 경계하듯 날 바라봤다.

"후."

너무 긴장하고 있는 모양이다.

몸에 힘을 빼고 다시 생각에 잠기려던 찰나.

'잠깐. 나한테는 카인의 능력이 있었지.'

카인의 능력은 애니멀 링크다.

동물들과 대화를 나눌 수 있게 해준다.

살라반과 마테리안이 아무리 은밀하게 움직였다 해도 곳곳에 널려 있는 동물들의 시선을 모두 피할 수는 없었을 것이다.

나는 고양이의 눈을 바라보고 내 의지를 전했다.

[내 말이 들리니?]

[……]

고양이는 흠칫거렸다.

적잖이 놀란 듯했지만, 도망치거나 하지는 않았다.

[널 해칠 생각은 없어.]

[인간이? 나한테 말을 걸었어? 어떻게?]

[그 메커니즘에 대해 일일이 설명하기엔 시간도 촉박하고 너무 어려운 이야기인지라 네가 알아듣지도 못할 거야.]

고양이는 고개를 모로 살짝 꺾었다.

[특이한 인간이네.]

[너한테 묻고 싶은 게 있어.]

[뭘?]

[혹시 사람의 얼굴과 이름을 기억하니?]

[내가 사는 영역에서 유명한 인간이라면. 자주 보는 인간이라면.]

[바루스 마테리안 남작은?]

[제법 유명해서 잘 알아. 인간들이 엄청 좋아하는 그 인간이지? 이상해. 우리가 보기엔 속내가 시커먼 게 영 별로란 말이야.]

이 고양이는 마테리안을 알고 있다.

게다가 그의 정체까지 동물의 육감으로 꿰뚫고 있었다.

[혹시 살라반에 대해서는 알고 있어?]

[이 도시에서 살라반을 모르는 고양이가 있을까?]

[뭐?]

이 도시 고양이들은 모두 살라반을 알고 있다는 말인가?

어떻게 그럴 수가 있지?

[살라반은 우리들에게 새벽마다 늘 밥을 주었지.]

그러고 보니 녀석이 길고양이들 밥을 가끔 챙겨주었던 것 같기는 했다.

그런데 그게 아닌 모양이었다.

살라반은 한결같이 새벽마다 고양이들의 밥을 챙겨준 모양이다.

왜 그런 행동을 한 거지?

그것조차도 마인이라는 것을 감추기 위한 수작질이었던 건가?

[이상했어. 살라반도 마테리안 남작처럼 속이 시커먼 인간이었는데, 왜 그렇게 우리들을 챙겨줬던 건지.]

[나도 의아하긴 하지만, 어찌 되었든 다행이야.]

[왜?]

[살라반이 사라졌거든. 그가 어디로 간 건지 너희들은 종적을 알 수 있겠지.]

[사라졌다고?]

[그래.]

[왜?]

참 묻는 걸 좋아하는 고양이군.

[살라반과 마테리안 남작은 이 도시는 물론이고 세상 전체를 망가뜨리려 하고 있거든.]

[왜?]

[이유를 말해도 너희들은 이해 못 할 거야. 어찌 되었든 확실한 건 그들을 어서 찾아내 막지 않으면 너희들도 무사하진 못할 거라는 거야.]

[음… 그래.]

고양이는 의외로 담담한 반응이었다.

난 그런 고양이에게 고개를 갸웃하며 물었다.

[죽을지도 모른다고, 너희들.]

[그래.]

[죽음이 두렵지 않은 건가?]

[죽음이? 그다지. 태어났으면 죽게 되는 건 당연한 거잖아. 그게 왜 무서워.]

이건 뭐지.

길고양이들의 사고방식인 건가?

[우리는 늘 죽음을 곁에 두고 살아. 언제 어디서 어떻게 죽어버리든 이상할 게 없어. 그래서 죽는 건 두렵지 않아. 하지만…….]

[하지만?]

[이 도시의 모든 고양이들이 죽는 건 원치 않아. 우리는 어떻게든 핏줄을 남겨야 돼.]

[너희들이 날 도와주면 파국을 막을 수 있어.]

고양이는 잠시 동안 말없이 내 눈을 가만히 바라보았다.

그러다가 고개를 살짝 끄덕였다.

[거짓말하는 것 같지는 않아. 넌 말이나 행동은 거칠지만 속은 깨끗하고 맑아.]

[그럼 도와주겠다는 거지?]

[그래야지. 아마 내 동료들은 다 봤을 거야. 마테리안이나 살라반이 어디로 갔는지.]

[부탁할게.]

[여기서 기다려. 오래 걸리진 않을 거야.]

고양이는 그렇게 말하고서 어디론가 사라져 버렸다.

그리고 난 담벼락에 기대어 고양이를 기다렸다.

*   *   *

주변이 부산스러워졌다.

그리고 몇 마리의 고양이들이 담벼락에 올라섰다.

녀석들은 형형하게 빛나는 시선을 일제히 내게 던졌다.

그중에는 조금 전 여길 떠났던 삼색 고양이도 섞여 있었다.

[이 인간인가?]

검은 고양이가 말했다.

[맞아.]

삼색 고양이가 대답했다.

[신기하군.]

[아무튼 너희가 본 걸 얘기해 줘.]

그러자 하얀 고양이가 내게 말했다.

[내가 그를 마지막으로 본 건 어제 시장 골목이었지. 해가 저물어갈 무렵이었어. 식당에 들어가 식사를 하고 나오는 듯했어.]

어제라… 그럼 전투에 나가기 전이었나 보군.

살라반은 혼자 식사를 하고 오겠다며 밖으로 나갔었으니.

이어, 검은 고양이가 말했다.

[난 세 시간 전 중앙 광장 시계탑에서 그를 봤어.]

[세 시간 전?]

[그래. 뭔가 심각한 얼굴을 하고 있었지.]

세 시간 전이면 내가 아직 트롤의 무리에게서 벗어나지 못했을 때다.

　살라반은 그때 도시로 돌아와 시계탑을 찾았던 것이다.

　거기서 뭘 하려 했던 거지?

　다음으로 말을 한 건 치즈색 털이 난 고양이었다.

　[살라반은 두 시간 전에 서쪽 출구로 나갔어.]

　[서쪽 출구? 도시의 서문을 말하는 건가?]

　[그래.]

　이후로 다른 고양이들은 조용했다.

　대신 삼색 고양이가 말했다.

　[그게 마지막이래. 다른 고양이들은 이후로 살라반을 보지 못했대.]

　[그렇군.]

　한마디로 두 시간 전에 서문을 나간 이후로 도시에 다시 돌아오지 않았다는 것이다.

　그렇다면 마왕의 재림을 위한 의식은 도시 밖의 어딘가에서 치러지고 있다는 말과 같다.

　[나머지 정보는 도시 밖 다른 동물들에게 물어보는 게 좋겠어. 물론 그들과도 대화가 통한다면 말이야.]

　[가능해.]

　[많은 도움을 주지 못해, 미안해.]

　[아니, 충분히 도움이 되었어. 고맙다.]

　난 고양이들에게 가볍게 목례한 뒤, 골목길을 벗어났다.

*　　　*　　　*

난 도시의 서문으로 나와 대로를 따라 달렸다.

말이라도 한 필 구할 수 있었으면 좋으련만 지금 내 처지에 말을 사는 건 말도 안 되는 일이었다.

그렇다고 훔치자니, 그게 더 큰 소란을 일으킬 위험이 있었다.

가뜩이나 마테리안 남작가의 대학살 건으로 모든 경비대원이 도시에 풀린 상황이었다.

해서 난 경비대의 시선을 피해 겨우 내 한 몸만 빼내는 것이 최선이었다.

대로를 따라 한참 걷다 보니 미르나유 숲이 나왔다.

미르나유 숲은 본래 야생동물들이 살아가는 커다란 정글 같은 숲이었다.

한데 사람들은 그 숲을 가로지르는 길을 만들었다.

해서 지금은 마차 두 대가 넉넉히 지날 수 있는 넓은 길이 쫙 뚫려 있었다.

'여길 지나간 게 맞을까?'

알 수 없다.

대로를 달리는 동안에는 단 한 마리의 동물도 만날 수가 없었다.

지금 내가 할 수 있는 거라고는 살라반이 여기를 지나갔을 것이라 믿고 나아가는 것뿐이다.

숲 안으로 들어섰다.

넓은 길 양옆으로 수림이 울창했다.

난 주변에 동물이 있는지 살피며 빠르게 걸었다.

자정이 넘은 시간이니 야행성 동물들만 활동을 하고 있을 것이다.

청력을 최대한 끌어 올려 주변의 소리에도 집중했다.

그렇게 십여 분 정도 흘렀을 때.

'빙고.'

저 멀리 나뭇가지 위에 앉아 있는 부엉이 한 마리가 보였다.

난 부엉이에게 애니멀 링크의 능력으로 의지를 전했다.

[잠깐 대화 좀 할 수 있을까?]

[……!]

부엉이가 화들짝 놀라 날 바라보았다.

[네게 물어볼 게 있다.]

부엉이는 날 가만히 응시하다가 눈을 꿈뻑꿈뻑하더니 의지를 전해왔다.

[난 일반적이지 않은 지금의 상황, 불편하다. 도망가는 게 맞다.]

[널 해칠 생각은 없어. 그저 묻고 싶은 게 있을 뿐이야.]

[어떻게 이런 식의 대화가 가능한 거지?]

[고양이들도 내게 똑같은 걸 물었지만 만족스런 대답을 해줄 수 없었지.]

[위험해. 좋지 않아. 강한 인간이야, 너는. 도망가고 싶은데, 그럴 수도 없어. 네가 마음만 먹으면 난 날갯짓을 하는 순간 목이 땅바닥에 떨어져 있겠지.]

[그럴 일 없을 거야. 그저 내 물음에 답해주면 돼.]

부엉이의 고개가 절도 있게 뚝뚝 끊기며 움직였다.

무언가를 생각하는 듯한 모양이었다.

그러다 부엉이가 다시 의지를 전했다.

[뭐가 알고 싶지?]

[두 시간 전, 이 숲을 지나간 사람이 있나?]

[두 시간… 숲을 지나간 사람… 있었지.]

[있었다고?]

[한 사람이 지나갔지. 그리고 거대한 새가 조금 전 이 숲을 날아갔지.]

[거대한 새?]

[한 번도 본 적 없는 거대한 새였지. 흡사 사람의 형상과 닮았었지.]

사람의 형상을 닮은 거대한 새?

…마테리안 남작이군.

그 녀석이 날아서 숲을 지나간 거야.

부엉이는 그걸 거대한 새로 봤던 거고.

[아무튼 그가 이 숲을 가로질러 갔다 이거지?]

[가로질러서 밖으로 나갔는지는 모르지. 아직 숲 어딘가에 있을지도 모르고. 난 그저 이 부근을 지나가는 걸 봤을 뿐이지.]

[그렇군.]

[이제 된 거지?]

[그래, 됐어. 고마워.]

[빨리 지나가 줘. 네가 여기에 있는 것 자체가 부담스러워.]

[미안. 가볼게.]

난 다시 걸음을 옮겼다.

*   *   *

숲을 지나는 동안 부엉이 외에도 다른 야행성 동물 셋을 더 만났다.

그들에게 계속해서 물어본 결과 살라반은 이 숲을 벗어났다는 걸 알 수 있었다.

'미르나유의 숲을 벗어나면… 프란츠 시로 가는 대로가 나온다. 하지만 마인들이 프란츠 시로 향할 이유는 없어. 마왕의 재림 의식을 행하려면 사람이 없는 곳에서 하는 게 좋겠지. 굳이 대도시로 들어갈 필요가 있을까?

그렇다면 어디로 갔을까?

프란츠 시를 지나쳐 더 먼 곳으로 갔을까?

이런저런 생각을 하며 걸어가던 와중, 문득 떠오르는 무언가가 내 발목을 콱 잡았다.

'그러고 보니 이 근처에… 고블린의 동굴이 있었지.'

일 년 전이었을 것이다.

프란츠 시로 향하는 대로에서 고블린의 출몰이 잦아, 고블린 퇴치 의뢰가 용병 길드에 들어왔다.

그것을 내가 받아왔고, 레드 텅 용병단은 고블린 토벌을 위해 이곳을 찾았다.

살라반도 레드 텅 용병단이니 그 동굴을 기억하고 있을 테지.

난 혹시나 하는 심정으로 고블린 동굴을 향해 걸음을 옮겼다.

사람의 발걸음이 닿지 않는 곳인지라 대로가 사라지고 대신 황무지가 나타났다.

그런데, 황무지의 흙바닥에 바람이 다 지우지 못한 발자국들이 남아 있었다.

'지나갔다.'

살라반은 이곳을 지나갔다.

제대로 찾아온 것이다.

마인들은 고블린 동굴에서 모여 마왕의 재림 의식을 행하고 있는 게 틀림없었다.

목적지가 확실해졌다.

이제는 망설일 필요가 없었다.

난 빠르게 달렸다.

이윽고 고블린 동굴의 입구가 내 앞에 나타났다.

＊   ＊   ＊

최대한 기척을 죽인 채, 동굴 안으로 들어섰다.

청력을 높여 동굴 안에서 들려오는 소리 하나하나에 집중했다.

아직까지는 동굴 입구에서 흘러드는 바람 소리만 귓전을 맴돌았다.

이 고블린 동굴은 대단히 넓고 복잡하다.

자연이 만들어낸 대미궁이 바로 이 동굴이었다.

다행히 고블린을 토벌할 당시 그 수가 많지 않았기에 큰 피해 없이 의뢰를 완수할 수 있었다.

만약 고블린들이 많았다면 전멸당하는 건 레드 텅 용병단이었을 것이다.

고블린들은 이미 동굴의 구조에 익숙해져 있으니, 미로 같은 그 공간 속에서 싸움을 장기전으로 끌고 가게 되어버리면 더 빨리 지치고 피로해지는 건 레드 텅 용병단임이 자명하기 때문이다.

아무튼 한 번 둘러봤던 곳인지라 동굴의 구조는 전부 파악하고 있는 상황이었다.

한 발 한 발을 조심스럽게 움직이며 나아가던 어느 순간.

'……!'

저 멀리서 기괴한 소리가 들려왔다.

그어어어, 그으으으.

흉부에서부터 울려 퍼지는 듯한 탁한 소리.

그것은 망자의 울음소리였다.

'좀비다.'

이곳에도 좀비가 있었다.

마인들이 죽은 시체들을 좀비로 만들어 동굴의 가디언으로 활용하는 것 같았다.

'어쩔 수 없이 소란을 피워야 하나.'

최대한 조용히 접근해서 마인들과 결단을 보려 했는데, 그건 힘들 듯했다.

'워낙 스펙터클한 인생이긴 했지만, 끝까지 이럴 줄은 몰랐네.'

죽음에서 되살아나 두 번째 기회를 얻었을 땐, 비교적 쉽게 내가 원하던 것을 손에 넣을 수 있을 거라 생각했다.

그저 살라반이 왜 우리를 배신했는지, 그것만 알면 족했다.

그런데 사건을 파고 들어갈수록 더 복잡해졌다.

그리고 어려워졌다.

이렇든 저렇든 간에 내가 겪어내야 할 내 팔자다.

정면으로 돌파해야 한다.

스르릉.

바스타드 소드를 꺼내 쥐었다.

그리고 달렸다.

구불구불한 길을 지나 큰 모퉁이를 꺾자, 넓은 공터가 나왔고, 그곳에 백여 마리가량의 좀비들이 서 있었다.

녀석들은 날 보자마자 무작정 다가오기 시작했다.

"와라."

바스타드 소드의 손잡이를 쥔 손에 힘이 꽉 들어갔다.

좀비들에겐 아무런 잘못이 없다.

오히려 불쌍한 존재들이다.

죽어서 시체가 된 몸, 편히 쉬지도 못하고 마인들에게 이용을 당하고 있으니 말이다.

하지만 어쩌겠는가.

짓이겨 버리지 않으면 내가 앞으로 나아갈 수 없다.

그어어어어!

좀비들이 지척까지 다가왔다.

쉬이이익!

바스타드 소드가 매섭게 휘둘러졌다.

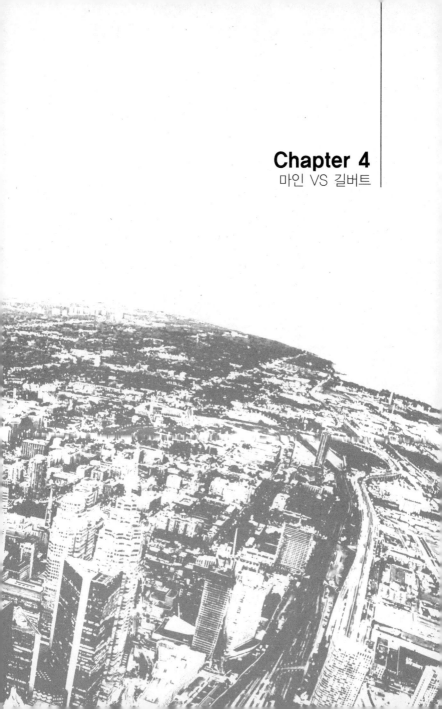

Chapter 4
마인 VS 길버트

서걱! 서거걱!

난 전광석화처럼 움직이며 바스타드 소드를 쉴 새 없이 휘둘렀다

거대한 검날이 한 번 휘둘러질 때마다 서너 마리의 좀비가 두 동강 났다.

하지만 좀비들은 몸이 잘린다고 해서 전투 불능이 되지 않는다.

이미 혼이 빠진 망자의 몸.

동강 난 몸뚱이는 제각각 움직이며 내게 다가왔다.

그것들은 다시 바스타드 소드에 다져졌다.

순식간에 스물 정도 되는 좀비가 전투 불능이 되었다.

바닥은 잘게 다져진 고깃덩이들로 가득했다.

난 좀비 무리에게 손을 뻗어 화 속성 마법을 시전했다.

"파이어!"

고열의 불덩어리가 허공에서 형성되었다.

그것은 불꼬리를 길게 늘어뜨리며 빠르게 허공을 가로질렀다.

쐐애애애애액!

퍼어엉! 화르르르륵!

"그워어어!"

"그우우우우……!"

좀비 서른여 마리가 전부 불길에 휩싸여 바닥을 굴렀다.

좀비들의 몸을 태우는 불은 내 영력의 지배를 받고 있기 때문에, 쉽사리 꺼지지 않았다.

오히려 시간이 흐를수록 더욱 거세게 타올랐다.

좀비들은 얼마 못 가 살이 까맣게 타서, 그대로 굳어버렸다.

남은 좀비는 오십 남짓.

녀석들에게도 다시 한 번 화염 마법을 시전했다.

"파이어!"

쐐애애애애액!

퍼엉!

이번에도 서른가량의 좀비가 까맣게 탄 재가 되어 쓰러졌다.

남은 건 스물셋밖에 되지 않았다.

그놈들은 바스타드 소드로 아작을 냈다.

백여 마리의 좀비를 정리하는 데는 채 10분도 걸리지 않았다.

좀비를 전부 전투 불능으로 만들고서 계속 앞으로 걸어 나갔다.

그런데, 멀지 않은 곳에서 발소리가 들려왔다.

그것은 빠르게 더 가까워졌다.

'두 명이다.'

하나는 투박했고, 하나는 리드미컬했다.

서로 너무 대조적이라 발소리만으로도 그 사람의 성격이 보이는 것 같았다.

이윽고 동굴의 넓은 통로에서 난 낯선 사람 둘과 조우했다.

한 명은 덩치가 크고 각진 얼굴에 큼직한 이목구비를 가진 남자였다.

다른 한 명은 풍만한 몸매에 하얀 피부, 작은 얼굴을 하고서 상당한 색기를 뿜어내는 여인이었다.

"네가 길버트냐."

남자가 물었다.

"남의 이름을 물을 땐 자기소개부터 해라."

그러자 남자의 갈색 눈동자가 붉게 변했다.

여자도 마찬가지였다.

두 사람의 몸에서 검은 기운, 마기가 일렁였다.

이어, 이마에서는 검은 뿔이 돋아났다.

그들은 마인이었다.

현재 마테리안과 손을 잡고 마왕의 재림을 꾸미는 마인은 마테리안을 포함해 총 네 명이다.

그중 한 명은 살라반이니, 이 둘이 내가 아직 보지 못한 나머지 둘인 모양이다.

남자는 두 주먹을 꽉 말아 쥐고 말했다.

"자쿤 마르탄이다."

"난 셀리아 랭. 잘 부탁해."

무뚝뚝한 자쿤과 달리 셀리아는 생긋 웃으며 윙크까지 날렸다.

서로 목숨을 걸고 죽여야 할 판국에 긴장감이라고는 눈곱만큼도 찾아볼 수 없었다.

"비키지 않으면 죽인다. 비켜도 죽인다."

나는 좀비의 피가 묻은 바스타드 소드를 자쿤에게 겨누었다.

그러자 자쿤이 고개를 좌우로 꺾으며 두 주먹을 앞으로 내밀고 상체를 낮춰 전투 자세를 취했다.

"너 역시 무조건 여기에서 죽을 거다."

"이런 식으로 만나지 않았으면 나랑 재미 많이 봤을 텐데. 딱 내 타입이란 말야, 너."

셀리아가 허리에 감고 있던 채찍을 풀어 휙 털었다.

채찍은 뱀처럼 요동치더니 바닥을 짝! 때리고서 축 늘어졌다.

한 명은 무투가에, 다른 한 명은 채찍을 다룬다.

'상성이 좋다.'

자쿤은 무투가이니 나와 근접전을 벌이게 되겠지.

그러면 셀리아는 멀리서 채찍을 휘둘러 내 움직임을 압박하려 할 것이다.

팔이든, 다리든, 목이든, 채찍으로 휘감겨 빈틈이 생기면 자쿤의 돌덩이 같은 주먹이 급소를 치고 들어온다.

그게 뻔한 패턴이다.

하지만, 내게는 아무 소용이 없다.

"마테리안에게 내 얘기를 자세히 듣지 못한 모양이군."

"아니, 자세히 들었는데? 하지만 말야~ 마테리안은 약해. 이미 나이도 먹을 만큼 먹었고. 마인들 중에서는 제일 약한 걸? 우리는 마테리안처럼 약하지 않아."

셀리아가 여전히 생글거리며 말했다.

그사이 자쿤이 땅을 박차며 내게 달려들었다.

'빠르다.'

녀석은 눈 깜짝할 새, 내 앞에 다가와 있었다.

거구의 덩치라는 게 믿기지 않을 만큼 놀라운 속도였다.

쐐애애애액!

이어 전광석화처럼 놈의 주먹이 날아들었다.

강렬한 파공성과 함께 바람을 찢는 거대한 주먹을 마기가 쇠망치처럼 감싸고 있었다.

미처 바스타드 소드를 휘둘러 공격을 견제하거나 막아낼 시간이 없었다.

난 상체를 낮추고 팔을 들어 올렸다.

콰앙!

마기에 둘러싸인 자쿤의 주먹이 내 팔을 정확히 가격했다.

그 힘이 어찌나 무식한지 내 몸은 그대로 떠서 뒤로 죽 날아갔다.

타탁!

정신을 바짝 차리고 몸의 균형을 잃지 않아, 바닥에 구르는 꼴은 면했다.

자쿤의 주먹을 막았던 팔이 욱신거렸다.

하지만 피부나 뼈에 이상은 없었다.

'어마어마한 힘이긴 하지만 막을 수 있다.'

해볼 만한 싸움이다.

확실히 마테리안과는 비교가 안 되는 녀석이지만 그래도 나보다는 약했다.

변수는 셸리아다.

그녀가 뒤에서 자쿤을 얼마나 잘 백업해 주는지, 그것이 관건이다.

자쿤이 다시 달려들었고, 셀리아가 채찍을 휘둘렀다.

차르륵!

허공에서 몸을 부르르 떤 채찍이 자쿤과 거의 동시에 내게 다가왔다.

그때 채찍을 든 셀리아의 손이 다시 한 번 움직였다.

촤라락!

내 다리를 노리던 채찍이 갑자기 대가리를 쳐들어 궤도를 바꾸더니 오른쪽 팔을 휘감았다.

미처 피할 시간이 없을 정도로 빠른 변화였다.

난 채찍에 감긴 오른팔을 안으로 끌어당겼다.

셀리아가 채찍으로 내 팔을 감아버린 건 대단했지만 힘겨루기에서 이길 수 없다면 그건 결국 무용지물이 되어버린다.

나를 힘으로 제압하지 못한다면 내 자세를 무너뜨릴 수 없기 때문이다.

그런데.

"......!"

셀리아가 어마어마한 힘으로 채찍을 끌어당겼다.

내 팔은 안쪽으로도 바깥쪽으로도 끌려가지 않은 채 바들바들 떨려왔다.

'나와 힘이 대등해?'

놀라고 있는 사이 코앞까지 다가온 자쿤이 주먹을 날렸다.

난 가까스로 고개를 틀어 그것을 피했다.

동시에 왼손에 쥐고 있던 바스타드 소드를 횡으로 휘둘렀다.

하지만 자쿤은 몸을 낮게 숙여 이를 피하면서, 내 배에 박치기를 했다.

퍽!

"윽!"

주먹만이 아니라 머리도 무쇠와 같은 놈이었다.

숨이 턱 하고 막혔다.

내 몸은 또 한 번 허공에 떠올랐다.

그 순간 팔에 감긴 채찍이 날 강하게 당겼다.

붕 떠오른 내 몸은 갑자기 땅에 곤두박질쳤다.

쾅!

"큭!"

돌바닥에 그대로 등을 부딪혔다.

고통은 크지 않았으나 복부의 충격이 남아 있어 계속 숨이 막혔다.

'이대로 있으면 안 된다!'

얼른 몸을 일으키려는데, 허공에 붕 떠오른 자쿤이 보였다.

녀석의 무릎이 무서운 속도로 내 목을 노리며 내리꽂혔다.

난 상반신을 모로 틂과 동시에 허리를 튕겨 일어났다.

쾅아앙!

조금 전까지 내가 누워 있던 자리에 자쿤의 무릎이 꽂혔다.

그 무식한 힘에 돌바닥이 깨져 나가 움푹 파였다.

'감탄할 때가 아니야.'

내 오른팔엔 아직 채찍이 감겨 있다.

셀리아는 싱글벙글 웃으며 다시 채찍을 당겼다.

난 힘겨루기를 하지 않고 그녀 쪽으로 달려들었다.

"어?"

셀리아가 당황한 듯 입을 살짝 벌렸다.

그녀의 얼굴에서 처음으로 미소가 사라졌다.

쒜애액!

셀리아의 지척에 다라라 검을 휘둘렀다.

내 검은 빠르고 강하다.

어지간해서는 피하기가 어렵다.

그런데 셀리아는 찰나의 순간 몸을 퉁 튕기더니 빠르게 뛰어올랐다.

천장에 거의 딱 달라붙을 정도로 도약한 셀리아가 봄을 180도 빙글 뒤집었다.

그러고서는 두 발로 천장을 박찼다.

탁!

그녀의 몸이 쏜살처럼 튕겨져 나왔다.

셀리아는 내 머리를 아슬아슬하게 지나쳐 등 뒤에 섰다.

후미를 잡힌 나는 얼른 몸을 돌렸다.

그때 셀리아의 주먹이 내 명치를 가격했다.

빽!

"큭!"

강했다.

이건 자쿤과 비교가 안 될 정도였다.

결국 난 또 한 번 허공에 떠올라 뒤로 날아갔다.

셀리아가 채찍을 자신의 팔에 여러 번 휘감아 길이를 조정해 확 잡아당겼다.

내 왼팔에 감긴 채찍이 팽팽해졌다.

날아가던 내 몸이 허공에 탁! 하고 정지했다.

그때였다.

픽!

"윽!"

어느새 등 뒤로 다가온 자쿤의 주먹이 내 허리를 가격했다.

뻐근한 통증을 느끼며 앞으로 날아가니, 그곳엔 셀리아가 미소를 머금고 서 있었다.

빠악!

"크허……."

타격당하는 소리는 하나였지만, 맞은 부위는 세 군데였다.

찰나지간 명치, 왼쪽 옆구리, 오른쪽 뺨을 얻어맞았다.

그리고.

퍼억!

셀리아의 팔꿈치가 등을 때렸다.

쾅당탕!

난 그대로 땅에 곤두박질쳤다.

퍽퍽퍽퍽!

대자로 뻗은 내 몸을 셀리아와 자쿤이 마구잡이로 밟아댔다.

'생각했던 것보다 힘들다.'

마테리안만 상대하고서 다른 마인들도 상대하기 쉬울 것이라 여겼다.

한데 아니었다.

자쿤도 셀리아도 강했다.

사실 자쿤과 일대일로 붙었다면 이미 제압하고도 남았을 것이다.

문제는 셀리아였다.

그녀의 힘과 스피드는 경이로울 정도였다.

그렇다고 내가 그녀의 공격을 보지 못하는 건 아니었다. 아울러 그녀의 공격이 내게 치명상을 입힐 정도로 위험하지도 않았다.

하지만 가랑비에 옷 젖는 줄 모르는 법이다.

이렇게 작은 대미지가 계속 누적되다 보면 나중에는 큰 부상으로 이어질지도 모른다.

그런 상황이 오기 전에 싸움을 정리해야 한다.

퍽퍽퍽퍽퍽!

생각을 하는 와중에도 두 사람의 발길질은 계속됐다.

'우선은 자쿤부터 잡는다!'

난 주먹을 말아 쥐고 낭아권을 시전했다.

"낭아권!"

오른 주먹이 나를 마구잡이로 짓밟던 자쿤의 정강이를 향해 날아갔다.

"피해!"

셀리아가 소리치며 자쿤의 몸을 밀치려 했다.

하지만 낭아권이 더 빨랐다.

빠가악!

"크악!"

내 주먹에 얻어맞은 자쿤의 정강이가 깔끔하게 부러져 이상한 각도로 휘었다.

셀리아가 자쿤의 몸을 밀친 건 그다음이었다.

콰당!

자쿤이 부러진 정강이를 보며 이를 갈았다.

까드득!

난 얼른 몸을 일으켰다.

동시에 자쿤의 몸에서 전보다 진한 마기가 피어올랐다.

한데 그 마기들은 나를 향해 날아오지 않고 부러진 자쿤의 정강이 속으로 파고들었다.

그러자 부러졌던 정강이가 원래대로 되돌아왔다.

'자가 회복?'

마인이란 것들은 저런 능력까지 있었군.

자쿤이 벌떡 일어나 멀쩡해진 다리로 땅을 탁탁 쳤다.

"별걸 다 하는군."

자쿤의 미간에 세로줄이 깊이 파였다.

반면 셀리아의 미소는 저욱 짙어졌다.

"역시 매력 있어, 길버트."

셀리아가 혀로 입술을 핥았다.

그 모습이 대단히 뇌쇄적이었다.

그녀는 지금 날 죽여야 한다고 말하면서도 성욕을 느끼고 있었다.

어떤 상황에서든 자신의 감정에 충실한 인간이다.

아니, 마인이기에 그게 가능한 것이겠지.

"역시 죽이기 전에 꼭 재미를 봐야겠어. 팔다리를 부러뜨려 놓고 하면 되겠지?"

"집중해라."

자쿤이 셀리아에게 충고했다.

셀리아는 그 말에 코웃음 쳤다.

"그럼 네가 날 만족시켜 주든지. 너는 테크닉이 별로여서 싫어."

"집중하라고."

"나보다 약한 사람 명령은 듣기 싫은데, 어쩌나?"

자쿤은 셀리아에게 뭔가 더 하고 싶은 모양이었지만 입을 꾹 다물고 참았다.

녀석은 적어도 셀리아보다는 상황 판단을 하고 자신의 기분을 컨트롤할 줄 알았다.

"이번엔 잡는다."

"달려가서 물어뜯어!"

셀리아가 손으로 날 가리키며 말했다.

자쿤은 셀리아의 명을 받은 개처럼 뛰어왔다.

난 왼팔에 감긴 채찍을 그제야 풀어내고서 다가오는 자쿤에게 주먹을 날렸다.

자쿤도 내게 주먹을 휘둘렀다.

두 개의 주먹이 허공에서 격돌하려는 순간!

"낭아권!"

다시 한 번 낭아권을 시전했다.

콰앙!

"큭!"

나와 자쿤의 주먹이 정통으로 맞부딪혔다.

그리고.

콰지직!

자쿤의 주먹이 박살 났다.

뼈가 모조리 조각나 풀어져 버린 손은 연체동물처럼 흐물

거렸다.

손만 그런 게 아니다.

낭아권의 충격이 제법 컸는지 손목은 물론이고 오른쪽 팔뼈 전체가 부러져 나갔다.

자쿤이 오른팔을 축 늘어뜨리고서 뒤로 물러났다.

놈은 마기를 일으켜 다시 오른팔을 치료하려 들었다.

하지만 이번에도 틈을 줄 내가 아니다.

다시 달려들어 주먹으로 자쿤의 정수리를 내려치려 했다.

그대로 얻어맞으면 두개골이 깨질 것이다.

하지만.

휘리릭!

셀리아가 채찍을 휘둘렀다.

그것은 이번에도 궤도를 이상하게 꺾어가며 기어코 내 팔을 옭아맸다.

셀리아는 채찍을 강하게 당겼고, 난 주먹을 휘두를 수 없었다.

하지만, 여기까지도 예상하고 있었다.

그녀는 내게 속았다.

진짜는 주먹이 아니라 검이다!

난 다른 손에 쥔 검을 휘둘렀다.

그러나 지금까지와 다름없는 속도라면 자쿤이 피하든가, 셀리아가 다른 수를 내든가 할지도 모른다.

그래서 다른 방법이 필요했다.

검을 더 빠르게 휘두를 수 있는!

다행히도 내게는 그런 방법이 존재했다.

"낭아권!"

난 검을 쥔 손으로 낭아권을 시전했다.

손이 노리는 곳은 허공이었다.

그러나 뻗어나간 손은 바스타드 소드를 들고 있다.

바스타드 소드의 날은 정확하게.

서걱!

자쿤의 목을 벴다.

"……!"

자쿤의 눈이 부릅떠졌다.

어깨에서 떨어진 녀석의 머리가 바닥에 떨어졌다.

텅.

난 그것을 발로 짓밟아 터뜨렸다.

콰직!

자쿤의 우람한 몸뚱이는 잘린 목에서 피분수를 뿜어내며 뒤로 쓰러졌다.

털썩.

드디어 자쿤을 잡았다.

이제 셀리아와 일대일이다.

절대로 질 수 없는 싸움이다.

"하… 재주 좀 부리네?"

셀리아가 표독스런 시선을 내게 던졌다.

그러더니 지금까지와 다른 서늘한 미소를 머금었다.

"역시 넌 일단 죽이고 봐야겠어. 시체랑 하는 것도 나쁘진 않을 것 같아."

셀리아의 정신 나간 말에 대응해 줄 대답은 한 가지밖에 없었다.

"미친년."

그러자 셀리아가 광소를 터뜨렸다.

"아하하하하하하하하!"

역시 미친년이 맞다.

셀리아는 한참을 웃다가 눈물까지 흘려댔다.

그러더니 겨우 진정하고 내게 말했다.

"네 생애 최고의 미친년이 되어줄게."

Chapter 5
살라반

셀리아의 채찍이 내 몸 곳곳을 때렸다.

살갗이 터져 나가지는 않았다.

디민 옷이 찢어졌고, 곳곳에 멍이 들었다.

그녀의 채찍은 내가 잡으려 하면 마치 살아 있는 생명체처럼 오묘하게 몸을 틀어 빠져나갔다.

그것은 손놀림이 빠르다고 잡을 수 있는 게 아니었다.

결국 셀리아를 처리하지 않으면 이 채찍은 평생 멈추지 않을 것이다.

난 이미 두 사람을 상대하며 쌓인 대미지로 피로가 누적된 상태다.

최상의 컨디션이었다면 이깟 채찍 따위 아무것도 아니었겠지.

그러나 지금은 그 한 방 한 방이 무겁게 다가온다.

나는 채찍을 맞으며 앞으로 몸을 날렸다.

셀리아의 손놀림이 더 빨라졌다.

채찍이 전보다 매섭게 내 전신을 두들겼다.

짝! 짝! 짝! 짝!

난 그녀의 채찍을 무시하고 오로지 셀리아만 보며 무섭게 달려들었다.

셀리아는 내가 지척에 다다르자 뒤로 몸을 뺐다.

그러면서 채찍을 사납게 휘둘렀다.

짜아악!

그전보다 훨씬 강도 높은 채찍이 내 등을 아프게 가격했다.

아마 이런 식이라면 난 평생 그녀를 잡을 수 없을 것이다.

하나, 내게 숨겨놓은 무기들은 많이 있다.

난 손을 펼쳐 셀리아를 겨냥하고 지 속성 중급 마법을 시전했다.

"더트!"

시전어가 흘러나오는 순간, 그녀가 디디고 서 있던 주변의 땅이 확! 솟구쳐 올랐다.

그러더니 단단한 돌덩이가 기묘하게 형태를 변형시켜 그녀의 양다리를 옭아맸다.

"어?"

셀리아가 당황해서 자신의 다리를 바라봤다.

그 사이 벌써 난 셀리아의 코앞까지 다다랐다.

셀리아가 창백한 미소를 지으며 내게 말했다.

"잡혔네?"

"죽어라."

퍼억!

주먹으로 셀리아의 복부를 때렸다.

그녀의 허리가 구겨지는 순간.

서걱!

바스타드 소드를 작두처럼 내리그었다.

턱. 털썩.

잘린 그녀의 머리가 먼저 땅바닥에 떨어졌고, 몸이 따라서
쓰러졌다.

이로써 셀리아도 정리했다.

이제 남은 건 마테리안과… 살라반뿐이다.

난 잠시 지체되었던 발걸음을 다시 옮겼다.

*　　　*　　　*

동굴은 넓었고, 언데드 몬스터는 득실거렸다.

마인들이 시체를 부활시켜 곳곳에 배치시켜 놓은 언데드

몬스터들이 나를 볼 때마다 피를 갈구하며 달려들었다.

좀비, 스켈레톤, 구울.

이 세 종류가 내가 미로 같은 동굴 안을 헤집고 다니며 만났던 언데드 몬스터들이다.

셋 다 그다지 강한 녀석들은 아니다.

구울은 좀비의 업그레이드판이다.

좀비보다 완력이 더 강하고 스피드가 있으며, 강력한 시독(屍毒)까지 가지고 있다.

그래서 놈들과 싸우다 잘못 할퀴기라도 하면 상처로 시독이 침투해 온몸이 썩어버리고 만다.

그러나 강철과 다름없는 내 몸엔 구울의 손톱이 박히질 않았다.

언데드 몬스터들과의 싸움에서 다친 곳은 하나도 없었지만, 점점 피로가 누적되는 것이 문제였다.

벌써 내가 쓰러뜨리고 지나간 언데드 몬스터의 수만 오백이 넘어갔다.

내가 아무리 강한 힘을 얻었다 한들, 신이 아닌 인간이다.

내게도 한정된 에너지가 있고, 그것이 다 떨어지면 피로하게 되며, 피로는 곧 몸을 지치게 만든다.

지금은 심신이 다 피로한 상태다.

언제까지 언데드 몬스터들만 상대하며 힘을 뺄 수는 없었다.

다행스럽게도 동굴은 거의 다 둘러보았다.

이제 남은 곳은 동굴의 가장 안쪽, 넓은 공동이 있는 곳이다.

마왕의 재림을 위한 의식은 거기서 행해지고 있겠지.

공동에 가까워질수록 부산스러운 소리들이 들려왔다.

느리게 터벅터벅 움직이는 발소리가 여럿.

거친 호흡이 또 여럿.

그리고 바람이 세차게 요동치는 소리.

그것들이 한데 섞여 내 귀를 어지럽혔다.

최후의 공동에 분명히 마테리안과 살라반이 있다.

잠시 넣어두었던 바스타드 소드를 다시 꺼내 들고 앞으로 나아갔다.

공동으로 향하는 길은 지금까지와 달리 미로가 아닌 쫙 뻗은 직선이었다.

그런데 길 끝엔 당연히 있어야 할 공동 대신 막다른 길만 존재했다.

자세히 보니 공동의 안쪽에서 거대한 바위 같은 것으로 입구를 막아놓은 것이었다.

눈 가리고 아웅 하는 짓이다.

난 주먹을 쥐고 낭아권을 시전했다.

"낭아권!"

쐐애애액!

콰앙!

빠르게 날아간 주먹이 바위를 때렸다.

어마어마한 파괴력을 지닌 낭아권에 정통으로 맞았으니 입구를 틀어막은 게 집채만 한 바위라 해도 버틸 재간이 없을 것이다.

쩌저적! 퍼서석!

바위엔 푹 파인 타격점을 중심으로 삽시간에 잔금이 일었다.

그리고 우르르 무너져 버리는 그 순간!

퍼어어어어엉!

갑작스런 폭발이 일었다.

나는 미처 대비하지 못한 채 폭발의 불길과 충격파에 휩쓸려 뒤로 죽 날아갔다.

콰당탕!

볼썽사납게 바닥을 굴렀다.

귀가 먹먹했고, 시야가 핑핑 돌았다.

상당한 충격파가 약간의 내상을 입힌 것 같았다.

하지만 몸을 가누지 못할 정도는 아니었다.

시야가 어지럽게 흔들렸다.

눈에 비치는 사물들이 세 개로 겹쳤다.

머리를 휘젓고 억지로 일어섰다.

연기가 먼지구름이 피어오르는 공동의 입구에서 좀비, 스켈레톤, 구울들이 몰려나오고 있었다.

그리고 놈들의 뒤로 마테리안이 보였다.

그는 사악한 얼굴로 크게 소리쳤다.

"마왕의 재림을 위한 의식은 끝났다!"

"…뭐?"

"넌 우리를 막지 못했다, 길버트. 이제 네게 남은 건 영원한 안식뿐! 그것이야말로 필멸자(必滅者)가 도달해야 할 단 하나의 진리! 길버트여. 먼저 간 네 동료들의 발자취를 따라 걷거라!"

마테리안의 몸에서 마기가 피어올랐다.

'늦어버린 건가?'

마왕 재림을 위한 의식이 끝났다면 내가 막을 방도가 없는 것인가?

'아니… 아직 모른다.'

마테리안의 말이 사실이라는 보장이 어디 있는가?

녀석은 어쩌면 거짓을 늘어놓아 시간을 벌려는 것일지도 모른다.

만약 놈의 말이 정말이라고 해도, 이제 의식이 끝난 것일 뿐, 마왕 자체가 재림한 건 아니다.

그랬다면 마테리안이 나설 필요 없이 당장 마왕에게 짓밟혀 죽었을 테지!

난 바스타드 소드를 들고 천천히 걸어 나갔다.

언데드 몬스터들은 그런 나를 향해 마찬가지로 천천히 다가왔다.

마테리안이 고개를 절레절레 저었다.

"끝까지 미련한 인간이로군."

"더럽고 비열한 마인보단 미련한 인간이 낫겠지."

"유언이라 생각하지."

"그 말 그대로 돌려주마!"

언데드 몬스터들이 내 사정권 내에 들어오는 순간 바스타드 소드가 불을 뿜었다.

동시에 뇌, 화, 지 속성의 중급 마법을 마구잡이로 시전했다.

언데드 몬스터들은 불에 뛰어드는 나방들마냥 속수무책 쓰러져 나갔다.

사실 이건 아무런 의미가 없는 전투였다.

언데드 몬스터들이 나를 어쩌지 못한다는 건, 한 번 싸워봤던 마테리안 자신이 가장 잘 알고 있을 터였다.

그런데도 이런 무의미한 전투를 벌인다는 것은 시간을 끌기 위한 수작이라는 걸 스스로 증명하는 것밖에 되지 않았다.

하나, 과연 이걸로 얼마나 시간을 벌 수 있을까?

길어야 10분이다.

그렇다는 건 그 시간 안에 마왕이 재림한다는 것이다.

최대한 빨리 이 장해물을 뚫고 지나가야 한다.

　　　　*　　　　*　　　　*

　바닥엔 언데드 몬스터들의 조각나고 타버린 시체가 가득
했다.

　나와 마테리안은 썩은 내가 진동하는 시체더미 위에서 서
로를 바라보고 서 있었다.

　"이제 네 목을 내놓아야 할 때다, 마테리안."

　"아니, 이제 다 되었다."

　그때 마테리안의 뒤로 보이는 공동의 입구가 진득한 마기
로 가득 차올랐다.

　마테리안이 쾌락에 몸을 떨며 자신의 어깨를 감싸 안았다.

　"마왕의 재림을 위한 게이트는 열렸다. 이제 누구도 게이
트를 닫을 수 없다."

　…늦어버린 건가?

　"네가 날 죽일 수 있을 것이라 생각하느냐? 물론 그럴 수
있겠지. 하나 마왕이 재림하면 마인들은 다시 부활한다. 네
손에 목이 떨어진 자쿤과 셀리아도 불멸자가 되어 되살아날
것이다."

　마인들은 죽은 시체를 언데드 몬스터로 부활시킨다.

　마족의 피와 인간의 피가 반반씩 섞인 이들의 힘이 그 정도
라면 마왕이 마인들을 온전히 부활시키는 것 역시 충분히 가

능한 일일 테지.

어쩐지 자쿤과 셀리아는 죽음을 두려워하지 않는 것 같았다.

그러니 그토록 저돌적으로 내게 덤벼들었을 것이다.

"우리가 이겼다, 길버트."

난 이죽거리는 마테리안에게 손을 내밀어 겨냥했다.

"무엇을 하려고? 마법을 시전하려는 것이냐? 좋을 대로 하거라. 얼마든지 죽어주마!"

"소원이라면. 라이트!"

치직! 치치직!

허공에서 생겨난 뇌전의 다발이 번쩍! 하며 마테리안에게 쏟아져 나갔다.

파지지지지직!

"끄… 끄으으으으으으!"

마테리안은 전신이 감전되어 간질병 환자처럼 몸을 떨었다.

쩍 벌린 입에서는 고통에 찬 신음이 흘러나왔다.

하지만 그는 웃고 있었다.

마테리안이 붉게 충혈된 눈으로 날 바라보며 말했다.

"끄으으! 나, 나는 부, 부활할 것… 이다! 너는… 으으으으! 죽음을… 필멸자의 운명을 거, 거부 하지… 모, 못하리… 라아아아! 으아아아아아아!"

한바탕 사자후를 내지른 마테리안이 그대로 뒤로 넘어갔다.

털썩.

그는 까맣게 탄 잿덩이가 되었다.

화석처럼 굳어버린 마테리안의 전신에서 하얀 연기가 피어올랐다.

난 그런 마테리안의 시체를 넘어 드디어 공동 안으로 진입했다.

공동은 여전히 내 전신을 압박하는 마기로 가득 차 있었다.

그리고 공동의 중앙에 그가 서 있었다.

"살라반."

내 부름에 긴 은색 머리를 곱게 묶은 미남자가 돌아보았다.

"늦었네, 길버트."

살라반은 평소와 같은 모습으로 날 바라봤다.

입가에 걸린 옅은 미소.

사람을 편하게 해주는 부드러운 미소.

자상한 말투.

도저히 마왕의 재림을 바라는 마인이라고는 보이지 않았다.

"……"

그의 모습을 보고 있자니 나는 말문이 턱 막혔다.

"많이 지쳐 보이네. 고생 많았지? 허기지지 않아?"

살라반은 마치 내가 옆집에서 놀러온 사람인 것처럼 대했다.

그에게선 일말의 긴장감도 느낄 수가 없었다.

오히려 그런 그의 태도에 내가 지금 뭘 하고 있는지 모호해졌다.

나 혼자 바보가 된 느낌이었다.

가슴속에 울컥거리며 차오르던 분노도 잠깐이나마 사라졌다.

하지만, 잠시 후 그보다 더 큰 분노가 치밀어 올랐다.

"살라반… 너 뭐하는 거야."

"마테리안한테 못 들었어? 얘기했다던데. 지금 마왕을 재림시키려 하고 있어."

녀석은 저녁 메뉴가 무언지 읊듯 가볍게 말했다.

왜… 이런 상황에서 녀석은 왜 이다지도 아무렇지 않을 수 있는 거지?

"살라바아아아아안!"

콰앙!

바스타드 소드를 역으로 잡아 바닥에 날을 꽂아 넣었다.

"이 미친 새끼야, 나랑 장난하자는 거냐?"

난 당장 미쳐 버리기 일보 직전이었다.

하지만 살라반은 여전히 여유로웠다.

"날 욕해서 네 분이 풀린다면 얼마든지 받아줄게. 하지만 그게 오히려 큰 분노를 일으킨다면 조금은 진정하는 게 좋지 않을까?"

"진정? 진정하라고? 너 때문에 레드 텅 용병단이 괴멸당했다. 피보다 진한 우정으로 맺어졌던 동료들이 모두 죽었다고!"

살라반은 덤덤한 시선으로 나를 바라보다가 살짝 고개를 끄덕였다.

"그래, 알아."

"알아? 그게 다냐? 동료를 위해선 죽음까지도 불사하겠다던 새끼의 입에서 나오는 대답이 고작 그게 다냔 말이야!"

"길버트."

무슨 변명이라도 하려는 걸까?

살라반의 얼굴에서 비로소 미소가 사라졌다.

"짖어봐, 개새끼야."

살라반이 내게서 시선을 돌려 놈의 뒤편에 만들어진 대리석 제단을 바라보았다.

대리석 제단은 정사각형의 모양이었고, 제단 위엔 기이한 형태의 핏빛 진이 그려져 있었다.

아니, 자세히 보니 그것은 피가 맞았다.

제단을 파서 진을 각인시킨 뒤, 그곳에다가 피를 담은 것이었다.

그리고 진에서부터 어마어마한 마기가 흘러나오고 있었다.

공동의 마기는 이제 전보다 더욱 짙어졌다.

"너는 나를 질책하고 싶을 거야. 원망스럽겠지."

"고작? 갈기갈기 찢어 죽이고 싶을 정도다."

"그래, 그럴 거야. 내가 변절자라고 느껴지겠지."

"이미 오래전부터 연극을 해왔겠지. 넌 애초부터 우리와 형제의 연을 맺을 생각 따윈 없었어."

"아니, 그렇지 않아."

"헛소리 지껄일 거라면 그만 닥쳐라."

"길버트. 나는 레드 텅 용병단의 사람들을 소중하다고 생각해. 전에도 지금도, 줄곧 그렇게 생각해 왔어."

도대체 이 녀석이 지금 무슨 궤변을 늘어놓는 거지?

정신이 아주 나가 버린 놈인 건가?

자신이 무슨 짓을 했는지 모르는 거야?

"그따위 말을 지껄이는 새끼가 어떻게 동료들을 사지로 몰아넣었냔 말이다!"

난 바스타드 소드를 들어 살라반을 겨누었다.

하지만 살라반은 자신의 검엔 손도 갖다 대지 않았다.

그는 나와 싸울 마음이 전혀 없는 것 같았다.

마기는커녕 미약한 살기조차도 느낄 수가 없었다.

"날 이해해 달라고는 하지 않을게. 하지만 난 진심이야. 내 말엔 일말의 거짓도 없어. 대장을 비롯해서 모든 레드 텅 용병단원들은 그 누구보다 소중한 이들이었어."

"네 말대로 제발 그게 진심이었으면 좋겠다. 하지만 내가 겪은 상황은 그걸 다 부정해 버리는데 어쩌냐."

"알아. 전부 이해해."

"넌 처음부터 마인이라는 걸 숨겼어. 그리고 겉으로는 나와 형제의 의를 맺은 척 지냈지. 그 속이 더러운 것으로 가득 차 있다는 걸 멍청하게도 난 몰랐고."

살라반이 고개를 저었다.

"아니. 처음부터 속인 게 아니야. 처음에 난 내가 어떤 존재인지 몰랐어. 내가 길버트와 다른 용병들을 만난 건 열다섯 살의 겨울이었지. 그때에 난 그저 보통 사람들과 조금 다른 존재인 것 같다는 걸 어렴풋이 느끼고 있었을 뿐이야. 내가 각성하게 된 건 1년 전, 이맘때쯤 이었어."

"네가 마인인 걸 몰랐다고?"

"응. 각성하기 전까지는 전혀 그런 쪽으로 생각해 보지도 않았으니까. 그런데 마인인 걸 각성하는 순간 내게 목표가 하나 생기더라고. 그건 내 마음대로 어찌할 수 없는 본능 같은 것이었어. 마인의 본능이 사람으로 커왔던 내 본성과 이성을 계속해서 지배하려 들었지."

"그 목표라는 게 마왕의 재림인거냐?"

살라반이 다시 미소 지었다.

그가 제단을 가만히 바라보며 말했다.

"맞아."

심경이 복잡했다.

살라반의 말이 사실이라면 녀석은 정말로 나와 레드 텅 용병단의 모두를 사랑했을 것이다.

그러다 마인임을 각성하고서 어쩔 수 없이 본능에 따라 행동했다는 얘기가 된다.

'살라반이 처음부터 날 속여왔던 게 아니라면… 그렇다면 난 어떻게 해야 하는 건가.'

답이 나오질 않았다.

어찌 되었든 살라반은 동료들을 죽음의 구렁텅이로 몰아넣은 장본인이다.

마인의 본능에 따라 움직였다는 것으로 그를 용서할 수는 없었다.

'가만… 뭔가 좀 이상해.'

난 살라반이 내게 했던 얘기들을 다시 한 번 곱씹어 봤다.

어쩐지 개운치 않은 부분이 있었던 것 같았기 때문이다.

그리고 찾아냈다.

녀석의 말엔 결정적인 모순이 있다.

"넌 예전에도 지금에도 레드 텅 용병단의 모두를 소중하게 생각하고 있다고 말했다. 한데 그런 놈이… 마인으로 각성한 이후 동료들을 죽음으로 인도했어! 이건 어떻게 설명할 거냐!"

이건 녀석이 내게 거짓말을 하고 있다는 것밖에 되지 않는다.

이번에는 또 어떤 식으로 상황을 빠져나가려 할지 기대가 될 정도다.

"소중한 동료들을 죽음으로 인도한 것 맞아. 그래서 가슴이 아팠어. 특히 예시는 내가 사랑했던 여인이니까. 더더욱 그랬지. 하지만 그래야만 했어."

"무엇 때문에!"

"그걸… 이야기하면, 네가 날 이해할까? 오히려 증오만 더 커질 거야. 듣지 않는 게 나을 것 같아."

"들어야겠다. 설명해."

"하지 않을래."

"얘기해!"

"안 할 거야."

"살라반!"

살라반이 방긋 웃으며 눈웃음을 쳤다.

"알잖아, 길버트. 나 은근히 고집 센 거."

"난 널 죽여야 해."

"알고 있어. 그게 대장이 할 일이지. 받아들일게, 네 입장. 하지만 나도 이대로 죽을 순 없어."

어차피 마왕이 재림하면 죽어도 다시 살아날 녀석이 죽을 수 없다는 건 무슨 심보인지 모르겠다.

살라반은 내가 무슨 생각을 하는지 다 알겠다는 표정을 지어 보였다.

"길버트. 사력을 다해 덤벼. 나도 널 죽여야 할 테니까."

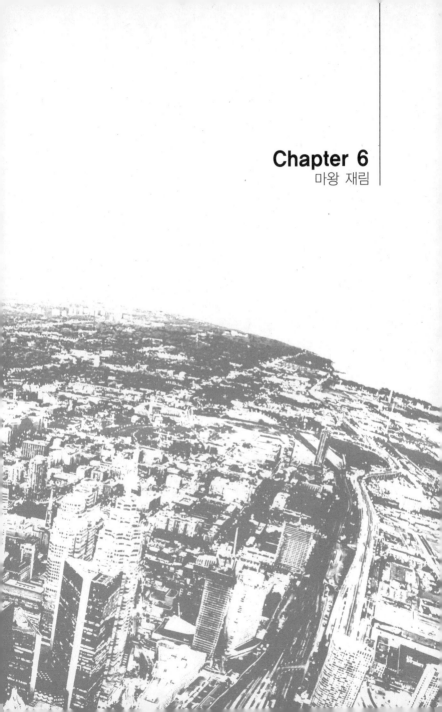

Chapter 6
마왕 재림

　살라반의 모습이 변했다.

　마테리안과 다른 마인들처럼 눈이 붉어졌고, 이마엔 검은
뿔이 돋아났다.

　몸에서도 지독한 마기가 너울거리며 흘러나왔다.

　하지만 그의 입가에 맺힌 미소는 여전히 지워지지 않았다.

　세상 모든 것이 다 변해도, 그 미소만큼은 변하지 않을 듯
했다.

　오싹하게 변해 버린 외모와는 너무나 상반되는 아름다운
미소.

　그러나 녀석은 그런 미소를 머금은 채, 나와 생사결을 벌

였다.

지금껏 살라반과 격렬한 대련을 벌인 적은 셀 수 없이 많았다.

하나 목숨을 놓고 싸우는 건 처음이었다.

그만큼 살라반과의 싸움은 생소했고, 치열했으며, 격정적이었다.

나는 바스타드 소드를 쉼 없이 휘둘렀고, 영력이 고갈될 때까지 마법을 시전했다.

하나, 살라반을 잡을 수는 없었다.

녀석은 다른 마인들과 확실히 달랐다.

놈이 쏘아내는 마기는 한 방 한 방이 위력적이었다.

몸에 제대로 맞으면 살갗을 뚫고 들어올 정도였다.

다른 마인의 마기는 몸속에 충격을 줄지언정, 아이언 스킨을 파고들진 못했다.

살라반의 마기는 달랐다.

조금이긴 했지만 내 살을 뚫어 놓았다.

그러나 나 역시 녹록하게 당하지는 않았다.

영력은 고갈되었고, 누적된 피로가 몸을 둔하게 만들었지만 살라반에게 위협적인 일격을 여러 번이나 날렸다.

우리는 피 튀기는 혈전을 벌였다.

살라반의 몸엔 바스타드 소드와 마법에 당한 상처가 가득했다.

나 역시 상황이 다르진 않았다.

전신이 멍투성이에다가 마기에 찢겨 벌어진 상처에서는 피가 계속해서 흘러내렸다.

마기에 당한 상처는 회복이 되지 않았다.

아무리 작은 상처라고 해도 아물지 않고 지속적인 출혈을 일으켰다.

가뜩이나 지쳐 있던 상황에서 피까지 쏟아내고 나니 점점 시야가 흐릿해졌다.

사물이 초점에 제대로 잡히지 않았다.

반면 살라반의 상처는 마기가 스며드는 순간 빠르게 치유되었다.

"젠장… 자가 치유 능력을 깜빡했어."

마인들은 스스로의 상처를 계속 치유할 수 있다.

하지만 내겐 그런 능력이 없었다.

'라모나의 능력이 자가 치유였지만, 그 능력은 나한테 없다.'

라모나의 능력은 지구에 있는 또 다른 나, 유지웅의 어머니에게 넘겨준 상황이다.

지금처럼 그 능력이 간절할 때가 없군.

"딴 생각 하면 바로 죽어."

살라반이 경고와 함께 한 손을 앞으로 뻗었다.

그러자 마기의 덩어리가 대포알처럼 날아들었다.

퍼억!

양팔을 엑스 자로 겹쳐 막았다.

그러나 마기의 덩어리는 날 그대로 밀어냈다.

콰당탕!

힘겨루기에서 밀린 난 뒤로 널브러졌다.

그런 날 지나쳐 계속해서 날아간 마기의 덩어리가 공동의 벽과 부딪혀 폭발을 일으켰다.

콰아아앙!

"크윽!"

얻어맞은 양팔이 저릿저릿했다.

하지만 계속 누워 있을 여유는 없었다.

바로 일어나 바스타드 소드를 고쳐 쥐었다.

어느새 살라반은 지척까지 다가와 있었다.

난 바스타드 소드를 횡으로 휘둘렀다.

휘이잉!

살라반은 사람의 것이라고는 볼 수 없을 만큼 기묘하게 몸을 틀어 그것을 피했다.

온몸의 관절이 도저히 꺾일 수 없는 방향으로 꺾였다.

내 검을 피해낸 그는 자세를 확 낮춰 내 정강이를 후려치려 했다.

난 바스타드 소드로 그런 살라반의 정수리를 내리그었다.

이번에는 살라반보다 내가 더 빨랐다.

하지만.

카앙!

내 검은 갑자기 나타난 검은 방패에 막혔다.

마기로 만들어낸 방패였다.

반면, 나는.

픽!

"큭!"

정강이를 얻어맞고 옆으로 붕 떠서 땅에 처박혔다.

콰직!

"크악!"

살라반이 그런 내 옆구리를 짓밟았다.

"길버트. 네가 날 방해하게 둘 순 없어. 난 널 죽이기 싫어. 내가 널 죽이겠다고 한 건, 네가 죽일 각오로 내게 달려들어야 나도 널 무력화시킬 마음이 들 것 같아서였어."

"무… 무슨 말을 하는 거냐!"

살라반은 대답 대신 내 오른쪽 발목을 밟아 부러뜨렸다.

콰드득!

"아악!"

마인으로 각성한 이 괴물 같은 녀석 앞에선 내 아이언 스킨도 아무런 소용이 없었다.

"내겐 더 이상 누군가를 죽여야 할 이유가 없어. 그러니 널 죽일 마음 역시 없고."

그러면서 이번엔 내 왼쪽 발목을 밟았다.

콰직!

"끄윽!"

이 미친 자식이 대체 뭐하자는 거야!

난 입에서 나오는 대로 욕을 내뱉었다.

그러면서 한 손으로 바스타드 소드를 잡고 휘둘렀다.

아니, 휘두르려 했다.

하지만 살라반의 발은 검을 쥔 팔의 어깨를 으깨놓았다.

콰드드득!

"크흡!"

손에 힘이 빠지며 바스타드 소드를 놓치고 말았다.

이제 사지 중 멀쩡한 건 왼팔뿐이었다.

주먹을 말아 쥐고 영력을 확인해 보니 1이라는 수치가 차올라 있었다.

낭아권을 한 번은 시전할 수 있었다.

"낭아권!"

난 바로 낭아권을 시전했다.

쐐애애액! 퍽!

내 주먹이 정확히 살라반의 허벅지에 작렬했다.

콰지직!

놈의 허벅지 뼈가 조각났다.

살라반은 중심을 잃고 그대로 무너졌다.

나는 그사이 몸을 일으키려 했으나 불가능했다.

그러나 살라반은 가능했다.

부러진 허벅지 뼈 속으로 마기가 마구 빨려 들어가더니 이
내 회복하고서 벌떡 일어섰다.

"역시 너는 대단해, 길버트."

콰지직!

"끄으… 씨팔!"

빌어먹을 자식이 칭찬을 하면서 왼쪽 어깨를 으쟀다.

내가 사지의 고통으로 몸부림치던 그때였다.

쿠구구구구구구.

기이한 굉음이 어딘가에서 들려왔다.

살라반이 흠칫하며 제단을 바라보았다.

"시간이 얼마 없어."

그의 얼굴은 어쩐지 조금 초조해 보였다.

왜지?

마왕의 재림을 원한 게 아니었나?

살라반의 시선이 다시 내게 향했다.

그는 꼿꼿이 서서 날 내려다보았다.

그래, 항상 살라반은 이런 느낌이었지.

내가 대장이었고 녀석은 부대장이었다.

검술 실력도 나보다 한 수 아래였다.

그럼에도 불구하고 살라반은 늘 저 위에서 지금처럼 날 내

려다보는 것 같았다.

그게 기분 나쁘지도 않았다.

오히려 그건 살라반에게 주어진 당연한 특권처럼 느껴졌다.

"이제는 말해도 되겠지. 네가 화를 내도 내게 덤벼들 수 없을 테니까."

"무슨 수작이야."

"길버트. 너는 화가 나면 가끔씩 상식을 벗어난 괴력을 보여주곤 하잖아. 그게 걱정됐어. 내가 지금부터 하려는 얘기를 들으면 넌 이해하기는커녕 화를 낼 테니까. 아무리 나라고 해도 눈 뒤집어진 길버트를 상대하기란 힘든 일이겠지."

"이미 오래전에 뒤집어져 있었다, 개자식아."

"그런가? 만에 하나라는 게 있으니까. 그래서 일단 무력화시켜 놓고 얘기하자… 그게 내 생각이었지."

"잡소리 그만하고 본론이나 말해!"

속에서 불길이 일어 버럭 소리쳤다.

살라반은 알겠다며 고개를 끄덕였다.

"우선 소중한 동료들을 사지로 몰아넣어 재림 의식의 제물로 사용한 건 맞아. 분명한 사실이야."

"드디어 네가 개새끼라는 걸 실토하는 거냐?"

"그렇게 말해도 어쩔 수 없겠지. 하지만 내겐 어쩔 수 없는 선택이었어."

"왜? 그 엿 같은 마인의 본능이 동료들을 잡아 죽여 제물로 바치라고 꼬드겨서! 고작 그따위 본능에 넘어갔다는 걸로 면죄부를 받을 수 있을 것 같아!"

"면죄부 같은 건 받을 자격이 없지 않을까."

연신 화를 내는 나와 달리 살라반은 계속 침착했다.

저건 그가 마인이기 때문이 아니다.

원래 그런 인간이었다.

언제 어느 때든 화를 내는 법이 없었다.

늘 미소로 사람을 대하며, 부드럽게 감싸 안아주었던 이가 바로 살라반이었다.

"내가 마인임을 알고 각성한 이후부터 분명 마인의 본능이 내 이성을 짓누르려 했던 건 맞아. 하지만 내 고집 알잖아. 누군가 날 제멋대로 하려는 걸 참지 못한단 말야."

"말 잘해야 할 거다. 만약 네가 마인의 본능에 사로잡힌 게 아니라면, 인간 살라반의 의지로 레드 텅 용병단을 괴멸시키려 했다는 게 되니까."

내가 그의 말을 끊으며 경고했다.

한데 살라반은 일말의 망설임도 없이 내 말을 인정했다.

"맞아. 동료들을 제물로 삼은 건 내 의사였어."

점점 더 모르겠다.

그가 무슨 생각을 하고 있는 건지 짐작조차 못하겠다.

"왜 그런 거냐."

결국 내가 할 수 있는 건 끝까지 묻는 것뿐이었다.

"나랑 관계도 없는 사람들을 제물로 삼을 순 없으니까."

제발 부탁인데 처음부터 차근차근 알아듣게 설명해 줬으면 좋겠다.

"전 대륙의 모든 마인이 각성하기 시작했어. 우리가 마왕을 재림시키지 않으려 해도 다른 마인들이 나섰을 거야. 한마디로 내가 주변의 다른 마인들을 막아봤자 또 다른 곳에 있는 마인들이 마왕의 재림 의식을 행할 거라는 말이지."

"넌… 진정으로 마왕의 재림을 원치 않았다는 거냐."

"응. 하지만 마인 중 누군가는 마왕을 재림시키려 할 테지. 그래서 생각했어. 어차피 재림해야 하는 마왕이라면 내가 재림시켜야겠다. 그리고 마왕이 재림하는 그 순간… 다른 차원으로 데리고 사라져야겠다… 라고."

"뭐……?"

살라반이 품 안에서 무언가를 꺼냈다.

그것은 둘둘 말린 양피지였다.

"이게 뭔지 알아?"

"말린 양피지……?"

분명히 무언가 대단한 걸 꺼내서 물어봤을 텐데 뭔지 모르겠다.

내 얼빠진 대답에 살라반이 피식 웃었다.

"양피지긴 하지. 하지만 보통 양피지가 아니야. 마법 스크롤이야."

"마법 스크롤······!"

마법 스크롤은 마법의 힘이 담긴 양피지다.

사용하는 방법은 간단하다.

스크롤을 찢으면 된다.

그러면 마법 스크롤에 담긴 마법이 발동되는 것이다.

그런데 저게 무슨 마법 스크롤이지?

"어디서 산 건 아니야. 우리가 머물던 숙소 창고에서 꺼내 온 거니까."

"저택 창고? ···설마!"

"응, 그 설마야."

콰르르릉!

내 머릿속에 번개가 쳤다.

레드 텅 용병단의 숙소 창고에 있는 마법 스크롤은 딱 하나밖에 없었다.

바로 '불안정한 차원 이동 마법 스크롤' 이었다.

그것은 우리가 미쳐 버린 마법사들이 모여 만든 집단 '매드 메이지(Mad Mage)' 토벌에 참여했을 때 의뢰금 대신 받았던 것이다.

사실 그건 말도 안 되는 일이었다.

용병들에게 필요한 건 돈이지 그딴 마법 스크롤이 아니다.

그런데 의뢰인이었던 굴든 백작은 우리에게 마법 스크롤

을 주었다.

무려 차원 이동 마법 스크롤이라면서.

9서클의 마법이 담긴 스크롤이니만큼 어디 가서 팔면 일확천금을 얻을 것이라는 게 그의 얘기였다.

하지만 그건 불안정한 차원 이동 마법 스크롤이었다.

한마디로 실패작이란 뜻이다.

그걸 사용했다가는 어디인지 알 수 없이 아공간에 갇히게된다.

두 번 다시 자신이 살던 세계로는 돌아오지 못한다.

게다가 차원 이동에 대한 마법적 이론은 이미 마법사들이모여 사는 빛의 탑에서 오래전에 연구를 끝냈다.

때문에 불안정한 차원 이동 마법이 연구재료로서의 가치가 있는 것도 아니다.

매드 메이지들도 제대로 된 차원 이동 마법 공식에 대해 알고 있다.

그런데도 그들은 일부러 이런 불안정한 마법 스크롤을 만들어낸 것이다.

왜?

재미있으니까.

말 그대로 미친 것들이라 미친 짓을 하고 싶었던 것이다.

그 스크롤을 이용해 다른 사람을 아공간에 가두는 것이 즐거웠을 것이다.

그들은 그런 집단이니까.

그렇다 보니 9서클 급의 마법이 담긴 스크롤이라고 해도 돈이 될 리가 없었다.

아니, 오히려 그런 것을 가지고 있다가 들키게 되면 이상한 오해를 받아 어떤 처벌을 받게 될지 모를 일이다.

하나 귀족이 돈 대신 준다는 것을 받지 않을 수도 없는 노릇이며, 그걸 그보다 높은 귀족이나 국왕에게 일러바치기도 난감했다.

어차피 그들은 용병의 말 따윈 새겨듣지 않는다.

모두가 한통속이다.

그래서 골칫덩이가 된 불안정한 차원 이동 마법 스크롤은 창고에 처박히게 되었다.

사실 난 버리고 싶었지만, 레드 텅 용병단원들 중 누군가가 그래도 혹시 쓸데가 있을지 모르니 가지고 있어 보자고 했기 때문이다.

근데 그때 누가 그런 말을 했더라?

…살라반.

그래, 살라반이 그런 말을 했었다.

"반년 전이었나? 우리가 매드 메이지를 토벌하고 이걸 받게 된 게."

"그러고 보니… 그 의뢰를 받아왔던 것도 너였지."

"응. 사실 굴든 백작에게 의뢰금 대신 그 스크롤을 달라고 한 것도 나였어."

"뭐?"

"굴든 백작은 탐욕스러운 사람이잖아? 나갈 돈이 굳어버리니 좋았나 봐. 어차피 그 마법 스크롤이야 쓸데도 없으니, 기꺼이 그러겠다 하더라고."

"너… 그럼 처음부터 이걸 여기에 가져올 작정으로……."

살라반이 빙그레 웃었다.

"맞아. 오늘을 위해서였어."

이제야 알겠다.

살라반이 진정 원하는 게 뭐였는지.

"마왕이 계속 마계에 건재한 이상, 마인들 중 누군가는 어차피 재림의 의식을 행하게 될 거야. 그들은 마족도, 인간도 아닌 반쪼가리들이거든. 그래서 마왕을 재림시켜 그에게 예쁨받고 싶은 욕심이 큰거지. 확실히 해두고 싶은 거야. 마인은 마족도 인간도 아닌데 마족이라면 치를 떠는 인간들의 세상에서 살아가고 있단 말이야. 그건 상당히 불안한 일이야. 누군가가 우리 몸에 마족의 피가 흐른다는 걸 알게 되면 당장 여기저기서 목을 자르려 들 테니까."

살라반은 마치 옛날이야기를 들려주듯 부드럽게 말을 이어나갔다.

나는 잠자코 듣기만 했다.

"마족의 본능이 마인들을 부추기는 것도 있지만 근원적인 공포심도 마왕을 재림시키려는 것에 힘을 보태고 있어. 전 대륙에 얼마나 많은 마인이 퍼져 있는지 그건 알 수가 없어. 인마전쟁 당시 마족의 피를 뒤집어쓴 이들 중 그 피가 상처에 스민 몇몇의 유전자에 마족의 유전자가 스며들었던 모양이야. 그리고 그들의 후손 중 재수 없는 이들은 마인이 되어 태어난 거지. 나도 그 재수 없던 후손 중 한 명이고."

전혀 몰랐던 이야기였다.

살라반도 그것에 대해 알게 된 지 얼마 안 되었을 테지.

마테리안이나 아니면 다른 마인 누군가에게 들었을 것이다.

"다른 마인들이 손을 쓰기 전에 내가 먼저 마왕을 재림시켜, 아공간으로 보내 버리는 게 답이라고 생각했어. 그러면 그 안에서 영원히 빠져나오지 못하고 억겁의 세월을 보내야 할 테니까. 재림의 의식으로도 마왕을 아공간에서 빼내오진 못해."

살라반이 마법 스크롤을 만지작거렸다.

"그런데 마왕의 재림을 위해선 제물이 필요했지. 하지만… 이 일과 아무런 관련이 없는 사람들을 제물로 바칠 수는 없었어. 그래서 선택해야 했어. 아픈 선택이었지만… 대업을 위해 내 동료들을 제물로 바치기로 했지."

"……!"

"물론 마왕의 재림 의식을 위해 바쳐야 하는 제물의 수는 천 명이니만큼, 동료들의 목숨은 수를 채우는 데 크게 도움이 되지 않았을지도 몰라. 하지만 딱 그만큼만이라도 애꿎은 이들을 죽음에 말려들게 하기 싫었어."

이제야 살라반이 무얼 하려 했는지, 왜 우리를 배신하고 죽음의 수렁으로 몰아넣었던 것인지 알 수 있었다.

진실을 알게 된 난 그저 멍하니 그를 바라볼 수밖에 없었다.

"놀랐을 거야. 미안. 대업을 위한다는 핑계로 너희들에게 아픈 짐을 지게 해서. 사실 길버트 너도 죽어줬으면 했어. 모두 죽고, 나도 너희들을 따라 마왕과 함께 아공간으로 가서 죽는 거지. 우리 전부 이 세상을 위해 희생을 하게 되는 거야."

"내가 죽기를 바랐다고?"

"혼자 남아버리면… 그 긴 세월을 고통 속에서 보내야 할 테니까."

맞는 말이었다.

동료들이 모두 다 죽어버린 와중에 내가 과연 스스로를 지탱하며 살아갈 수 있을까?

크루루루루루룽!

갑자기 제단에서 마기가 폭발적으로 터져 나왔다.

지금껏 흘러나오던 마기와는 비교도 안 될 만큼 어마어마한 마기였다.

공동 안을 가득 메운 마기는 제단 위에 하나로 뭉쳐지며 사람의 형태를 갖춰가고 있었다.

난 본능적으로 알았다.

그게 마왕이라는 것을.

살라반이 양피지를 풀어 양손으로 잡고서는 제단 가까이 걸어갔다.

그 무렵, 드디어 마기는 완연한 마왕의 모습으로 변했다.

2미터는 될 법한 키에 머리엔 검고 굵은 뿔이 세 개가 나 있었다.

등에는 검은 날개가 쫙 뻗어 나왔다.

새하얀 피부, 허리까지 내려오는 검은색 머리와 붉은 눈동자.

감히 숨도 쉴 수 없을 만큼 어마어마한 위압감을 내뿜는 절대적 존재가 이 세상에 재림했다.

"크흐!"

난 바닥에 널브러진 채로, 마왕의 기운에 짓눌려 컥컥거렸다.

한데 살라반은 아무렇지 않은 듯 마왕의 앞에 똑바로 서서 그를 바라봤다.

마왕이 살라반을 마주 보며 물었다.

"네가 날 여기로 불렀느냐?"

"응."

살라반이 다짜고짜 반말을 내뱉었다.

그러자 마왕이 입꼬리를 말아 올렸다.

"재미있는 녀석이구나. 감히 내게……."

"시끄러워. 바쁘니까 빨리 끝내자. 아, 인사해야지. 길버트!"

살라반이 주머니에서 무언가를 꺼내 내게 던졌다.

정확히 내 얼굴을 향해 날아오는 그것은 투명한 액체가 담긴 유리병이었다.

그런데 유리병의 뚜껑이 열려 있었다.

유리병은 고운 포물선을 그리며 주둥이 쪽이 내 입을 향해 정확히 날아들었다.

난 입을 벌려 유리병을 꽉 물었다.

병 안에 있던 액체가 입으로 확 쏟아졌고, 그것을 모조리 삼켰다.

순간 어긋났던 뼈마디들이 모조리 제자리를 찾아 붙기 시작했다.

'힐링 포션!'

그것은 기적의 물, 힐링 포션이었다.

"미안. 혼자만 남겨두게 돼서. 나 갈게. 남은 마인들은 네가 잘 정리해 줘."

"살라반……."

살라반이 활짝 미소 지으며 들고 있던 양피지를 쫙 찢었다.

"이놈! 무슨 짓을……!"

마왕이 그런 살라반의 목을 틀어쥐었다.

순간, 양피지에서 솟구친 빛이 마왕과 살라반을 감쌌다.

"사, 살라반! 살라바아아안!"

살라반은 명멸하는 빛과 함께 사라지며 내게 손을 흔들었다.

"안돼에에에에!"

마왕의 절규가 울려 퍼진 이후.

공동 안에는 나만 덩그러니 놓여 있었다.

살라반도, 마왕도 거짓말처럼 사라졌다.

"…살라반."

난 몸을 일으켰다.

엉망이었던 몸은 이미 완벽하게 회복되어 있었다.

그러나 구겨지고 찢어지고 조각나 버린 마음은 미치도록 쓰린거렸다.

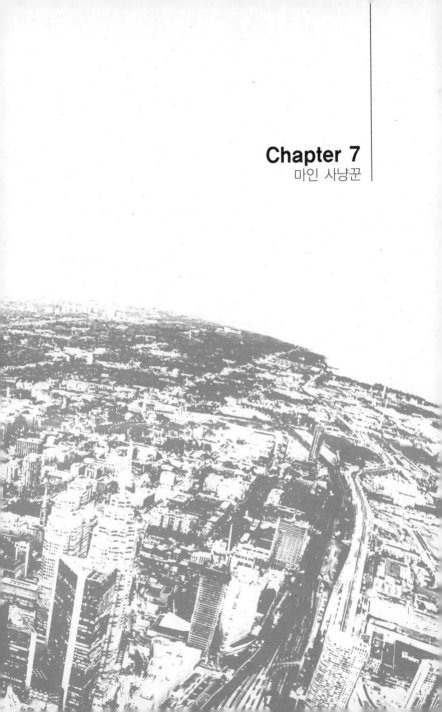

Chapter 7
마인 사냥꾼

마왕의 재림은 살라반에 의해 실패로 끝났다.

그는 마왕을 어딘지 알 수 없는 아공간으로 데려갔다.

이세 나근 미인들이 마왕은 재림시키려 해도, 마왕은 그에 응답하지 않을 것이다.

그렇다고 마인들을 그냥 놔둘 수는 없었다.

마인들은 그 존재 자체만으로도 위험한 녀석들이다.

그래서 난 마인들을 사냥하기로 했다.

얼마나 많은 마인들이 자신의 존재를 숨기고서 살아가는 지는 알 수 없다.

그들을 어떻게 찾아내서 없애야 하는지도 알지 못한다.

그러나 찾다 보면 분명히 방법은 있을 것이다.

스스로 마인 사냥꾼이 되기로 다짐하면서 고블린의 동굴을 나섰다.

*   *   *

정처 없이 떠돌기 시작한 지 보름이 지났다.

그동안 난 야인처럼 생활했다.

아무 데서나 자고, 야생동물을 잡아먹으며, 맞닥뜨리는 몬스터들을 도륙했다.

몬스터들에게서 얻은 전리품을 몬스터 길드에 팔아 돈을 조금씩 마련했다.

사실 지금 내게 돈 같은 건 큰 의미가 없었다.

어디서 무얼 하며 지내도 내 한 몸은 건사할 수 있었다.

낮이 되면 걷고, 사냥하며 배를 채웠다.

밤이 되면 아무 데서나 망토를 두르고 모닥불을 피워 잠들었다.

그런 단순한 생활의 반복이었다.

왜?

마인을 사냥한다는 목표를 정했지만, 무엇부터 해야 할지 알 수 없었기 때문이다.

그저 무작정 이렇게 지내다 보면 어떤 식으로든 해답이 보일 것이라 생각했다.

살라반이 마왕을 데리고 아공간으로 사라진 이후 내 분노는 길을 잃었다.

살라반은 분명 동료들을 죽게 만든 원수다.

그러나 그는 인류를 위해 어쩔 수 없는 선택을 했다.

해서 그를 무턱대고 저주할 수도 없었다.

어떻게 보면 살라반이야말로 대의를 위해 자신에게 가장 중요한 것들을 버리고, 스스로의 목숨마저 버린 성인일지 모른다.

*   *   *

내 모든 생활이 달라진 지 반년이 지났다.

그동안 난 세 명의 마인을 사냥했다.

처음에는 빅빅했던 일들이 조금씩 내게 답을 던져 주었다.

마인들에게는 보통 사람과 다른 특징이 분명히 있었다.

녀석들은 거대한 신성력의 기운이 닿으면 눈이 일순간 붉은빛으로 변한다.

마를 제압하는 것은 그와 상반되는 기운인 신성력이다.

그걸 알게 된 이후, 난 신성력이 가득 담긴 아티팩트를 구입했다.

내 약지에 꼭 맞는 반지 형태로 만들어진 이 아티팩트의 이름은 '홀리 링(Holy Ring)'.

홀리 링을 끼고 있으면 내 반경 오백 미터까지 신성력이 퍼져 나간다.

그리고 신성력에 노출된 마인들은 눈이 붉은빛을 띠게 된다.

해서 난 홀리 링을 착용한 이후부터 늘 주변 사람들을 유심히 관찰하고 다녔다.

물론 내 눈매가 선한 편은 아니어서 몇 번 험악한 녀석들과 시비가 붙기도 했다.

당연한 얘기지만, 시비를 걸어온 놈들은 모두 곤죽이 되도록 얻어맞았다.

어찌 되었든 홀리 링의 도움을 받아 두 명의 마인을 처단했다.

'내가 앞으로 얼마나 더 살 수 있을까?'

요즘 나는 잠들기 전에 늘 그런 생각을 한다.

전 대륙에 마인이 얼마나 많이 숨어 살고 있는지 알 수 없다.

그들을 다 처리하는 게 먼저일지, 내가 죽는 게 먼저일지 역시 알 수 없는 일이다.

어찌 되었든 내 숨이 붙어 있는 동안 최대한 많은 마인들을 잡아 죽여야 한다.

그게 내 사명이고 살아가는 이유다.

*　　　*　　　*

　메리디안이라는 이름의 소도시의 작은 여관.

　그곳의 홀에서 난 맥주를 홀짝였다.

　술에 취하고 싶었기 때문이 아니다.

　여기에서 난 또 마인을 만났다.

　지금 내 옆 테이블에서 이야기를 주고받으며 술과 안주를 즐기는 두 명의 사내.

　그들이 홀리 링에 반응했다.

　녀석들은 신성력에 노출되자 붉어지는 눈빛을 재빨리 감췄지만 난 똑똑히 보았다.

　그리고 놈들이 주고받는 이야기를 모두 엿들었다.

　짧은 갈색 머리에 수염을 잔뜩 기른 털보의 이름은 재칼.

　맞은편에 앉은 대머리 녀석의 이름은 반리보였다.

　재칼과 반리보는 아무렇지 않게 행동하는 듯하며 은근히 날 의식했다.

　난 놈들에게 노골적으로 불쾌한 시선을 던졌다.

　그러자 더 이상 참지 못하고 재칼이 내게 다가왔다.

　"프리스트냐."

　내게서 신성력을 감지했으니 그렇게 짐작하는 게 당연했다.

난 피식 웃으며 테이블에 기대 놓은 바스타스 소드의 손잡이를 쥐었다.

"이런 걸 들고 다니는 성직자도 있나?"

"…따라 나와."

"얼마든지."

재칼과 반리보다 여관을 나섰다.

난 놈들의 뒤를 따랐다.

*　　　*　　　*

여관 근처의 인적이 없는 동산 위에서 마인들은 나와 마주섰다.

휘이이잉—

서늘한 바람이 불어와 내 머리카락을 훑고 지나갔다.

유난히 달이 밝은 밤이었다.

달빛을 따라 별빛도 찬란했다.

'그날 밤도 이랬었지.'

내 소중한 동료들이 모두 떠나가 하늘의 별이 되어버린 밤.

이제는 다시 볼 수 없는 그들의 얼굴이 하나하나 떠올랐다.

"우리가 마인인 걸 알고 있어. 그렇지?"

재칼이 물었다.

"그럼 여기가 너희들 무덤 자리라는 것도 알겠군."

내가 대답했다.

재칼과 반리보의 눈이 붉게 변했다.

이마에서는 검은 뿔이 자라났다.

동시에 그들의 몸에서 마기가 너울거리며 흘러나왔다.

"묘비에 누구 이름이 새겨질지는 끝까지 봐야 알겠지."

계속해서 말을 하는 건 재칼이었다.

반리보는 벙어리마냥 입을 꾹 다물고서 그저 날 노려볼 뿐이었다.

수다스러운 녀석보다는 차라리 입 무거운 놈이 낫다.

언젠가부터 누군가와 말을 섞는 것조차 내겐 그다지 유쾌하지 못한 일이 되었기 때문이다.

내 속을 다 터놓고 말할 수 있는 건 레드 텅 용변단원들뿐이었다.

난 그저 수박 겉핥기식의 무의미한 대화를 나누고 싶은 생각은 없다.

그것은 쓸데없는 에너지 낭비다.

그리고 내겐 그런 대화를 나눌 만한 이들이 이제 없었다.

하물며 눈앞의 마인들과는 더더욱 말을 섞기가 싫었다.

문답무용.

바스타드 소드를 들고 달려 나갔다.

본색을 드러낸 마인들은 오로지 마기만으로 날 상대하려 했다.

무기를 사용하지 않는 걸 보니 스스로 마인임을 각성하기 이전엔 평범한 인생을 살아온 모양이다.

하지만 그들은 마테리안보다 약했다.

내게 상대가 될 턱이 없었다.

내가 지금껏 상대했던 마인 중 가장 강한 건 살라반이었다.

일전에 만났던 두 명의 마인도 마테리안보다 강했지만 살라반보다는 약했다.

내가 이런 놈들에게 질 일은 절대로 없다.

수백 갈래로 나뉜 마기가 소나기마냥 내 몸을 두들겨 댔다.

하지만 간지럽지도 않았다.

난 그 마기들을 고스란히 맞아가며 마인들의 지척에 다다랐다.

그리고 바스타드 소드를 휘둘렀다.

쐐애애액!

달빛에 젖은 바드타스 소드가 한 줄기 섬광을 남겼다.

서걱!

반리보보다 앞에 서 있던 재칼의 목이 잘렸다.

그의 머리가 땅에 떨어졌고, 목에서는 피가 분수처럼 솟구쳤다.

털썩.

재칼은 찰나의 순간 목 없는 시체가 되었다.

이를 본 반리보가 눈을 희번덕거리며 주먹질을 했다.

'느려.'

서걱!

바스타드 소드는 놈의 손목을 잘랐다.

꽉 쥔 주먹이 바닥으로 떨어져 나뒹굴었다.

난 바스타드 소드로 작은 호를 그리다가 반리보의 정수리에서 세로로 내리그었다.

서걱!

"……!"

반리보의 정수리에 떨어진 거대한 칼날은 그를 완벽하게 두 조각으로 나누어 버렸다.

두 조각 난 반리보의 몸이 서로 반대 방향으로 쓰러졌다.

반리보는 육신을 파르르 떨다가 이내 굳어버리고 말았다.

녀석의 머리에선 피와 뇌수가, 몸뚱이에선 오장육부가 쏟아져 나왔다.

"후우."

짧게 숨을 내쉬어 호흡을 갈무리하고 바스타드 소드를 휙 털었다.

마인의 피가 깔끔하게 털려 나갔다.

바스타드 소드를 등에 메고서 여관으로 걸음을 옮겼다.

그러다 문득 멈춰 서서 하늘을 바라봤다.

"……."

진짜 더럽게 아름다운 밤하늘이었다.

이런 날은 유독 더 동료들이 그립다.

그런데 거지 같은 건, 다른 녀석들보다 살라반이 더 그립다는 것이다.

"오늘도 제대로 자긴 글렀군."

나는 계속해서 마인들을 사냥하고 다닐 것이다.

그것만이 내 삶을 지탱하는 원동력이 되어준다.

이걸로 만족하느냐고?

…만족한다.

나는 복수를 원했지만, 그보다 아픈 진실을 마주하게 되었다.

이유도 모른 채 죽어야만 했던, 그래서 무작정 살라반을 원망했던 과거의 인생보다, 차라리 지금이 낫다.

내 선택에, 그리고 내가 짊어져야 하는 삶의 고통과 아픔에 불만은 없다.

이것이 최선이었을 테니까.

띠링!

─길버트의 복수' 퀘스트를 완료하셨네요~ 비록 길버트는 가혹한 진실을 마주했고, 평생을 아픔 속에서 살아가야 하겠지만 지금의 삶에 충분히 만족하고 있어요. 길버트를 도와주셨으니 응당한 대가를 받아야겠죠? 선행을 쌓아 36링크가 주어집니다.

뭐? 36링크?

띠링!

길버트의 눈을 통해 보고 있던 세상이 갑자기 멀어졌다.

시야가 확장되며 내 영혼은 길버트의 육신에서 빠져나왔
다.

길버트는 여전히 밤하늘을 바라보고 있었다.

그 모습이 뭐라고 할 수 없을 만큼 쓸쓸하게 다가왔다.

하지만 난 그런 길버트에게 오래도록 연민을 느낄 수 없었
다.

너무나 충격적인 말을 듣게 된 탓이다.

'대체 36링크가 말이 돼?'

이번 퀘스트는 다른 영혼의 퀘스트보다 더욱 힘들고 어려
웠다. 그런데 주어진 링크는 고작 36이라니?

도무지 모르겠다.

영혼의 퀘스트가 링크를 산정하는 기준이 무언지 알 수가 없다.

풀리지 않는 의문을 끌어안고 끙끙대는 사이, 환한 빛이 날 감싸 안았다.

늘 그렇듯이 현실로 복귀하는 과정은 좋지 못했다.

전신에서 엄청난 진동이 일며, 속이 울렁거렸다.

그리고 길버트의 세계가 사라졌다.

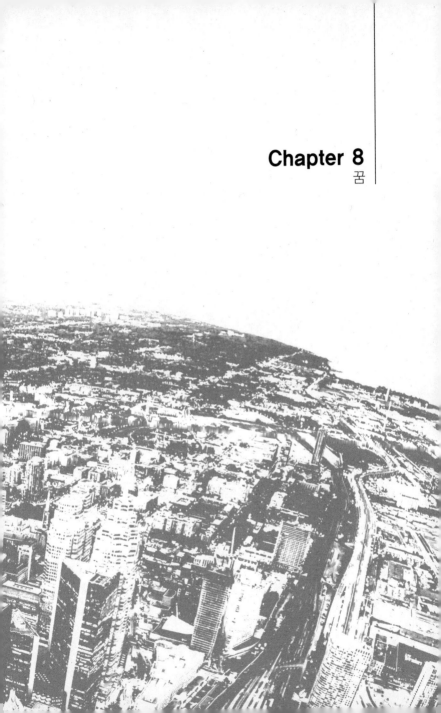

Chapter 8
꿈

현실로 돌아왔다.

난 여전히 버스 뒷좌석에 앉아 스마트폰을 만지작거리고
있었다.

"하아, 정말 길었어, 이번 건."

나도 모르게 크게 혼잣말을 했다.

그러자 버스 안에 있던 사람들의 시선이 일제히 내게 집중
되었다.

"크흠!"

민망함을 헛기침으로 달래고서 열심히 스마트폰을 보는
척했다.

하지만 머릿속에서는 다른 생각만으로 가득했다.

'영혼의 퀘스트가 주는 링크는 어떤 방식으로 책정되는 걸까?'

이거 정말 알아볼 필요가 있다.

고생이란 고생은 다 해놓고 고작 36링크밖에 얻지 못한다면 너무 억울한 처사 아닌가?

특히 이번 퀘스트에 난 길버트로 반년을 살아야 했다.

그동안 현실의 시간은 멈춰 있었지만 길버트로 산 반년의 시간은 고스란히 내 것이었다.

현실에서 행하는 선행은 도움을 필요로 하는 사람이 몇이었는지에 따라서 링크의 값이 결정된다.

하지만 영혼의 퀘스트에서 얻을 수 있는 링크의 값은 그것과는 다르다.

'처음 소라스의 퀘스트를 완료했을 때 얻었던 링크가 대략 300 정도였었지?'

바레지나트의 퀘스트를 완료했을 땐, 170링크가량을 얻었다.

그리고 리조네의 퀘스트에선 482링크가 들어왔다.

마지막으로 길버트의 퀘스트에서 얻은 링크는 36이다.

내가 얻은 이 링크들 사이에 어떠한 연관이 있을까 곰곰이 생각해 봤다.

'도움을 원하는 사람의 수는 아니야. 퀘스트의 난이도도 아니고. 그렇다면 퀘스트를 준 영혼들이 그 세계에 끼치는 기여도? 혹은 그들이 세상에서 차지하고 있는 비중? 그들의 위치나 입지?

그런 걸로 따지자면 소라스 퀘스트보다는 길버트의 퀘스트를 클리어했을 때 더 많은 링크를 줘야 한다.

소라스는 가진 것도 없고, 실력도 변변찮은 하급 용병이었다.

하지만 길버트는 제법 이름 있는 용병단의 우두머리였다.

세상에 끼치는 기여도, 차지하는 비중, 위치나 입지, 어떤 것을 따져 보아도 소라스보다 위다.

'나이?'

이것도 무리가 있다.

내가 접촉했던 영혼 중 가장 나이가 많은 건 길버트였다.

'뭘까.'

혹시 내가 놓치고 있는 게 있는 걸까?

난 그들이 살고 있던 시기를 하나하나 떠올려 보았다.

네 사람이 살아가는 시대는 전부 달랐다.

내가 그들의 입장이 되어봤기 때문에, 그건 확실하게 알고 있다.

같은 대륙에 사는 이들이었으나 동일한 시대를 사는 이는 단 한 명도 없었다.

'리조네가 가장 오래된 역사 속을 살았던 이였지. 그다음은 소라스, 그리고 바레지나트. 마지막으로 길버트였어. …
어?

순간 머릿속에서 번개가 쳤다.

콰르르르릉!

그리고 전율이 일었다.

'알았다!'

비밀이 풀렸다.

영혼의 퀘스트에서 들어오는 링크의 값!

소라스는 지금으로부터 312년 전의 사람이었다.

'그래! 정확히 나는 그때 소라스의 퀘스트를 완료하고 312
링크를 받았었어!'

바레지나트는 176년 전에 죽었지. 그래서 176링크를 받았
을 테고.

리조네는 482년 전에, 길버트는 36년 전에 죽었던 인물이
다!

즉, 영혼의 퀘스트를 클리어하고 얻는 링크는 영혼이 죽은
시점부터 나를 만나기까지 걸린 시간이었다!

'하… 하하. 그런 거였다니.'

답을 알기 전에는 답답해 죽겠더니, 알고 나서는 그렇게 허
무할 수가 없었다.

별것도 아닌 건데 이토록 골머리를 썩을 줄이야.

'그나저나 레이브란데도 악취미네. 이런 식으로 링크의 보

상값을 정해 버리면 어쩌자는 거야? 뭔가 더 납득될 만한 기준이 있어야 하는 거 아니야?

어쩌면 단순히 귀찮아서 이런 식으로 만든 것일지도 모른다.

레이브란데의 인과율을 지금까지 겪어본 사람의 입장으로 충분히 가능성이 있는 얘기다.

'그렇든 저렇든 아무튼 간에 또 한고비 넘겼다. 이번엔 진짜 어려운 퀘스트였어.'

영혼의 퀘스트는 사실 무엇 하나 녹록한 게 없었다.

길버트의 퀘스트는 그중에서도 가장 힘들었다.

다른 사람으로 반년을 살았더니 정신적으로 지쳐서 피로가 극에 달했다.

'그래도 할 일은 해야지.'

난 다시 스마트폰에 집중했다.

액정에는 데일리 히어로 사이트의 의뢰 게시판이 떠 있었다.

50개가 넘는 새로운 의뢰 중에 내가 할 수 있는 의뢰들을 분별해 내야 한다.

띠링!

―많은 건설업 노동자분들께서 김 반장님을 구한 영상을 굉장히 좋아하네요~ 선행을 쌓아 5링크가 주어집니다.

띠링!

—의뢰인 동생에게 줄 선물을 대신 사주는 모습은 보는 사람들에게 포근한 미소를 짓게 만드네요. 선행을 쌓아 16링크가 주어집니다.

띠링!

—여전히 식지 않는 인기! 복학생의 대리 고백 영상은 계속해서 화젯거리예요. 선행을 쌓아 32링크가 주어집니다.

띠링!

—고양이를 찾아주는 장면은 꼭 한 편의 동화를 보는 것 같아요. 선행을 쌓아 8링크가 주어집니다.

띠링! 띠링! 띠링! 띠링!

내 머릿속에서는 계속해서 링크가 적립되었다는 메시지가 들려왔다.

동영상의 힘은 역시 대단하다는 걸 또 한 번 느꼈다.

'이렇게 금방금방 쌓이는 링크를 반년 동안 길버트로 그

개고생해서 고작 36링크밖에 벌지 못하다니.'

다시 생각해도 환장할 노릇이다.

하지만 히든 소울을 얻게 될지도 모르니 영혼의 퀘스트를
안 할 수도 없었다.

완전히 선행의 노예, 퀘스트의 노예가 된 기분이다.

착잡한 생각은 한켠으로 미뤄두고 게시판의 의뢰들을 하
나하나 살폈다.

버스가 집 앞 정류장에 도착할 때쯤 되어서야 모든 의뢰글
을 다 읽어볼 수 있었다.

의뢰 중 삼분의 이 정도가 말도 안 되는 것들이었다.

그야말로 데일리 히어로 사이트를 무슨 로또마냥 생각하
는 사람들, 혹은 반장난처럼 의뢰를 올린 사람들이 대부분이
었다.

심지어는 '오천만 원을 주세요' 라는 의뢰도 있었다.

이런 의뢰들은 과감하게 무시.

그리고 이 게시판에 한 아이디로 작성할 수 있는 글은 한
개뿐이다.

1인 1의뢰의 원칙을 준수하기 위해서 만든 원칙이다.

시스템상 같은 아이디로 다시 글을 작성하려 하면 작성이
되지 않는다.

그땐 본인이 다른 사람의 신분증으로 새 아이디를 만들어
가입해야 글을 올릴 수 있다.

물론 그때도 이상한 의뢰를 올리면 무시당한다.

괜히 아이디를 새로 만드는 수고만 더하게 되는 것이다.

아무튼 쓸데없는 걸 제외한 나머지 의뢰 중에서 내가 현실적으로 도와줄 수 있는 건 일곱 개 정도 되는 것 같았다.

의뢰를 해결해 나가다 보면 노하우가 늘어서 실현 가능한 것들이 또 늘어날 수도 있다.

"일단 며칠은 좀 쉬자."

버스에서 내려 집으로 걸어가며 당분간은 좀 쉬자고 마음먹었다.

길버트의 퀘스트를 해결하면서 너무 지쳐 버렸다.

가만 생각해 보니 여태껏 쉴 새 없이 달려온 것 같았다.

카시아스를 만나고 나서 내 인생은 그야말로 폭주기관차가 따로 없었다.

한 번도 브레이크를 걸지 않고 앞만 보며 나아갔다.

그 덕분에 많은 것이 변했다.

하지만 휴식이 반드시 필요하다.

휴식을 모르는 사람은 언젠가 망가지게 마련이라고 아버지가 자주 말씀하셨다.

어차피 오늘이 지나면 내일은 크리스마스이브, 그다음 날은 크리스마스다.

그리고 12월 26일.

금요일 날 겨울방학이 시작된다.

'겨울방학하고 새해가 되면 나도 성인이 되는 거구나.'

사실 얼마 전까지는 어른이 된다는 것에 대한 로망이 제법 있었다.

그런데 지금은 코딱지만큼도 없다.

영혼의 퀘스트를 하면서 어른이 무엇인지 이미 질리도록 겪어봤기 때문이다.

그들의 삶은 책임질 것이 없는 아이들의 삶보다 치열하고 무겁고 아팠으며, 힘들었다.

로망은 얼어 죽을 피곤하기 이를 데 없는 것이 어른이다.

그리고 나도 이제 곧 그 피곤한 어른이 되고 만다.

'나이만 먹자. 정신은 늙지 말자.'

작은 다짐을 하는 사이 집에 도착했다.

"지웅이 왔니?"

현관에 들어서자마자 엄마의 목소리가 날 반겼다.

"응~"

"밥 먹어야지?"

엄마는 부엌에서 찬거리를 만드는 중이었다.

난 화장실로 들어가며 대답했다.

"지금 생각 없어."

"왜? 어디 아파?"

"아니, 조금 피곤해서. 어제 잠을 제대로 못 잤나 봐."

"그래? 피곤하면 낮잠 좀 자."

"응, 씻고."

세면하고, 이빨 닦고, 손발 씻고 내 방으로 들어와서 드러누웠다.

그리고 눈을 감았다.

수마가 빠르게 날 덮쳤고, 의식은 현실에서 발을 빼 몽환 속으로 흘러 들어갔다.

*　　　*　　　*

그곳에 나는 없었다.

그저 내 의식만이 존재했다.

지금 내가 머물고 있는 이곳은 데브게니안 대륙이었다.

그중에서도 버려진 대지, 파르시탄의 허공을 부유하고 있었다.

아무것도 살아갈 수 없는 죽음의 땅.

모든 왕국들이 포기해버린 절대중립의 지역.

생명의 기운이라고는 전혀 찾아볼 수 없는 척박한 검은 대지가 바로 파르시탄이었다.

그 땅 위에 한 사내와 한 여인이 마주 보고 서 있었다.

사내는 타오르는 듯한 붉은 머리카락과 눈동자가 인상적이었다.

그 앞에 마주 선 여인은 검은 모포를 두르고 있었다. 얼굴은 후드를 푹 눌러쓰고 있어서 보이지 않았다.

사내가 여인에게 말했다.

"바보 같은 짓이야."

여인이 고개를 저었다.

"…지, …아."

여인도 뭐라고 하는 것 같은데 그녀의 이야기는 잘 들리지 않았다.

가까이 다가가서 들어보려고 해도 마찬가지였다.

얼굴이라도 확인할까 싶어 후드 안을 들여다봤다.

하지만 후드 안에는 어둠만 가득했다.

"어차피 나 같은 건 미움받기 위해서 태어난 놈이야. 평생토록 누군가에게 사랑받은 적이 없지. 이게 내 최후에 딱 어울려. 곧 연합군이 여기로 들이닥칠 거야. 개죽음 당하기 싫으던 삘디 기."

여인은 다시 고개를 저었다.

"무… 일… 도, 난… 에요."

도무지 뭐라 그러는 건지 알 수가 없군.

사내는 여인의 어깨를 세게 쥐고 앞뒤로 흔들었다.

"고집 부리지 마! 어차피 이건 예상했던 일이야! 여기서 끝이라고! 그리고 나한테 매우 어울리는 마지막이라고 생각해. 짧은 인생이었지만 심심하진 않았어. 그거면 돼."

여인이 흐느껴 우는 것 같았다.

사내는 그런 여인의 얼굴을 가만히 바라보다가 갑자기 입을 맞췄다.

두 사람의 뜨거운 키스가 이어졌다.

입술이 떨어지고 난 뒤, 사내가 여자를 거칠게 밀어냈다.

"이제 가. 데브게니안 최악의 저주, 사크란이라는 내 이름 하나랑 나를 사랑했던 여인이 있었다는 것만큼은 죽어서도 잊지 않고 기억할 테니까."

데브게니안 최악의 저주 사크란?

누굴까.

게다가 나는 왜 이런 꿈을 꾸고 있는 걸까?

혹 사크란도 앞으로 내가 사야 할 영혼들 중 하나인 것일까?

히든 소울을 얻었을 때처럼 길버트의 퀘스트를 완료한 이후 연계되어 내게 나타나는 현상일지도 모른다.

아무튼 사크란이라는 인물은 보통내기가 아닌 인물인 것 같다.

데브게니안 최악의 저주라는 별명부터가 범상찮다.

게다가 그가 하는 말로 미루어 봤을 때, 대륙연합군이 사크란 한 명을 잡기 위해서 파르시탄으로 몰려오는 중인 것 같았다.

얼마나 위험하고 강한 사내이면 대륙이 연합을 해서 잡으려 한단 말인가.

'혹 이 녀석의 인생도 대신 살아야 한다면 정말 피곤하겠는데.'

만약 대륙연합군과 싸우는 시점부터 시작해야 할 경우 초장부터 지옥을 경험하게 될 것이다.

제발 이 녀석이 영혼의 퀘스트를 내는 일이 없기를 바랄 뿐이다.

사크란은 여인을 계속해서 밀어냈다.

하지만 여인은 사크란의 곁을 떠나갈 마음이 없어 보였다.

그러자 사크란이 새끼손가락 하나를 자신의 목에다 꽂았다.

푹!

"……!"

여인이 놀라 사크란에게 다가갔다.

사크란은 그런 뒤로 물러나며 손가락을 더 쑤셔 넣었다.

새끼손가락은 한 마디가 넘게 사크란의 목을 찌르고 들어갔다.

"더 다가와 봐. 내가 어떻게 하는지."

결국 여인은 사크란의 협박에 더 이상 다가가지 못했다.

"어차피 죽을 거 더 빨리 죽는 거 보고 싶으면 계속 그렇게 개겨. 네가 사랑하는 사람이 눈앞에서 자살해 버린다면 기분이 어떨까? 그다지 유쾌한 경험은 아닐 텐데."

"…어요."

이번엔 대충 알아들었다.

여인은 알았다고 말하는 것 같았다.

그녀가 천천히 뒷걸음질 쳤다.

사크란은 그제야 목에 박아 넣었던 손가락을 뺐다.

그의 목에 뻥 뚫린 구멍에서 피가 울컥거리며 쏟아졌다.

하지만 사크란이 상처에 손바닥을 갖다 대고 꾹꾹 짓눌렀다 떼니, 구멍은 지진 듯한 상흔으로 매워져 있었다.

"더 이상 지체할 시간이 없어. 어서 가. 내 마지막은 세상의 그 누구보다 화려할 테니 걱정하지 말고. 동정도 필요 없어. 네 동정이 내 값어치를 떨어뜨리도록 만들지 마. 내가 그런 걸 얼마나 싫어하는지 알 거야."

"……."

여자가 고개를 끄덕였다.

그녀는 계속해서 한 걸음 한 걸음 물러나다가 갑자기 그 자리에서 사라졌다.

'마법사?'

공간 이동 마법을 사용한 것 같았다.

홀로 남은 사크란은 그제야 안심하는 얼굴이었다.

그가 입꼬리를 씩 말아 올렸다.

"당신도 참 등신 같은 여자야. 그 정도 배웠으면 돈이고 명예고 원하는 건 다 가질 수 있었을 텐데. 나 같은 걸 사랑해서 대륙 공적이 되어버렸으니. 하지만… 그 정도 위험은 감수해야지. 데브게니안 최악의 저주를 사랑하려면 말이야."

사크란이 혼잣말을 중얼거렸다.

그는 지금 이 모든 상황이 그저 즐거운 것처럼 보였다.

곧 자신의 목을 건 대혈투가 벌어질 참이다.

그런데도 여유롭기 그지없었다.

나중에는 콧노래도 불렀다.

그때 지평선 너머로 흙먼지가 피어올랐다.

그리고 대지가 떨려왔다.

사방에서 대륙연합군이 몰려들고 있었다.

그 행렬의 끝이 보이지도 않을 정도로 어마어마한 규모의 군대였다.

'고작 사크란 한 명을 잡기 위해서 정말… 대륙연합군이 몰려왔단 말이야?'

사크란이 하늘 위로 솟구쳐 올랐다.

그는 허공에 부유한 채 주변을 둘러보며 코웃음 쳤다.

"흥, 드디어 왔군."

딱히 마법을 사용하는 것 같지는 않았다.

어떻게 허공을 나는 건지 모르겠지만, 아무튼 그는 자유자재로 하늘에서 몸을 움직이고 있었다.

"그럼… 제대로 놀아볼까."

사크란이 한 손을 위로 들어 올렸다.

그의 손 위에 집채만 한 불덩어리가 훅! 하고 피어났다.

화르르르륵!

맹렬히 타오르던 불덩어리는 이내 보랏빛으로 바뀌더니 종래엔 하얀빛으로 변했다.

화염이 웅축된 초고열의 불덩어리가 된 것이다.

"아하하하하하하하!"

사크란은 크게 웃으며 들어 올린 손을 앞으로 밀었다.

동시에 불덩이가 광속으로 움직여 대륙연합군의 진영에 작렬했다.

퍼엉!

콰아아아아아아앙!

어마어마한 폭발이 일었다.

그건 피하고 자시고 할 시간도 없는 공격이었다.

광속으로 날아드는 불덩이에 어떻게 대처한단 말인가.

웅축된 불덩이는 제 덩치의 열 배가 넘는 큰 폭발일 일으켰고, 화염과 충격파에 휩쓸린 병사 천 명이 시체가 되어버렸다.

그러나 더 끔찍한 것은.

"계속 먹어라. 버러지 같은 것들아."

양팔을 높이 든 사크란의 머리 위에 그런 불덩이가 열 개나 만들어져 있다는 사실이었다.

사크란이 사악한 악동 같은 미소를 머금고 열 개의 불덩이를 사방으로 날렸다.

퍼어어어어엉!

콰아아아아아아앙! 콰앙! 콰앙! 콰아아앙!

주변에서 무지막지한 폭발이 일었다.

대지가 온통 뒤집어졌다.

수만 구의 조각난 시체가 허공으로 비상했다가 소나기처럼 후두둑 떨어졌다.

주변은 순식간에 시산혈해를 이루었다.

"아하하하하하! 아하하하! 아하하하하하하핫!"

사크란은 그 광경을 보며 너무나도 신나게 웃었다.

기묘하고, 기이했다.

그의 웃음은… 그저 신나 보이지만은 않았다.

Chapter 9
데브게니안 최악의 저주

"헉!"

몸을 벌떡 일으켰다.

"하아, 하아."

숨을 몰아쉬며 주변을 둘러봤다.

모든 공간에 어둠이 가득했지만 내 방이라는 걸 알 수 있었다.

"꿈… 이었지."

꿈은 꿈인데 너무 리얼해서 놀란 모양이다.

딱히 악몽이랄 건 없었다.

나는 그저 방관자의 입장에서 벌어지는 일들을 구경한 것

뿐이니까.

내가 사크란이 된 것도, 정체 모를 여자가 된 것도, 허무하게 죽어버린 대륙연합군의 병사가 된 것도 아니었다.

그럼에도 생생하게 느껴졌던 꿈은 일상적인 꿈과는 다른 생소한 느낌을 전해주었다.

생소함이라는 건 낯설다는 것과 마찬가지 말이다.

낯섦 중에서도 사람을 불편하게 만드는 낯섦이 있다.

이번엔 불편했다.

그래서 악몽을 꾼 것처럼 꿈에서 깨버렸다.

온몸이 땀에 홍건히 젖어 있었다.

똑똑.

"으악!"

갑자기 창문 두들기는 소리에 나도 모르게 비명을 질렀다.

쪽팔려서 얼른 입을 닫고 창문을 바라보았다.

창문 너머에는 카시아스가 창틀에 엎드려 비릿하게 웃고 있었다.

"뭐야? 왜 거기서 그러고 있어?"

"무서운 꿈이라도 꿨나 보지?"

"뭐?"

"심심해서 찾아왔는데 끙끙 앓더군. 아직까지 엄마 품을 못 벗어난 거야? 그래서 혼자 자면 악몽을 꾸나 봐?"

"그만 놀려라."

"자존심이 상한다면 그만하도록 하지."

요새 좀 잠잠하다 싶더니 하필이면 이런 타이밍에 나타나서 내게 굴욕을 주는 카시아스.

역시 명불허전이다.

날 괴롭히는 데는 카시아스를 따라올 사람이 없지, 암.

"이것 좀 열어."

탁탁.

카시아스가 꼬리로 창문을 쳤다.

난 잠긴 창문을 열었다.

카시아스는 폴짝 뛰어서 방 안에 들어오더니 이불에 몸을 마구 비벼댔다.

"따뜻해서 좋다."

"야… 고양이 털 묻거든."

창문을 닫고 카시아스의 곁에 앉았다.

그러자 카시아스가 난 쎌쭉하게 바라보다 물었다.

"그럼 사람으로 돌아올까?"

"뭐?"

이 밤중에 다 큰 성인 여자와 내 방에 단둘이 있다 가족들한테 들키기라도 하면 난리 난다.

"그런 위험한 상황 만들고 싶지 않다, 난."

"그럼 털쯤이야 감수해."

"알았다, 알았어. 그나저나 왜 찾아온 거야?"

"심심해서 찾아왔다고 말했을 텐데. 그 나이에 치매라도 걸린 건가?"

"단순히? 정말 그게 다야?"

"그럼 뭐가 더 있을까?"

내가 아는 카시아스는 그런 시답잖은 이유로 찾아올 여인이 아니다.

무언가 목적이 확실히 있어야 움직이는 여인이다.

카시아스가 속을 알 수 없는 시선으로 날 쳐다봤다.

"뭐가 더 있을 것 같은데."

"겸사겸사 왔다고 생각해, 그럼."

"겸사겸사, 좋지. 여러 가지 이유가 복합적으로 있다는 얘긴데, 일단은 심심해서. 그리고 또 다른 이유들은?"

"참 피곤하게 구네."

"너 상대하다 보면 사람 성격이 절로 이렇게 되더라."

상대방 환장하게 하는 화법의 대명사가 누구한테 피곤하게 군다는 거야?

웃기지도 않는다.

"또 다른 이유들은?"

카시아스가 한숨을 푹 내쉬더니, 가지런히 모은 앞발에 턱을 얹었다.

"이제는 아무 이유 없이 찾아오면 문전박대시킬 분위기로군."

"…뭐야. 너 진짜 그냥 온 거야?"

"그렇다고 몇 번이나 말한 것 같은데."

의외네.

사람이 안 하던 짓을 하면 죽는다던데.

아무튼 평소 같지 않던 패턴으로 행동하니 적응이 안 된다.

난 카시아스를 가만히 쳐다보다가 그녀의 머리를 천천히 쓰다듬어 주었다.

그러자 카시아스가 눈을 날카롭게 뜨고 물었다.

"뭐하는 거야?"

"고양이 머리 쓰다듬어 준다."

"겉모습만 고양이라는 거 아는 인간이 할 소리야?"

"어쨌든 지금은 고양이 맞잖아."

"고양이답게 물어버린다."

"내 몸 강철인 거 잊었냐?"

"……."

카시아스는 잔뜩 화난 얼굴로 날 쏘아봤다.

하나부터 열까지 다 맘에 들지 않는다는 불만이 가득 차 있었다.

하지만 난 모른 척하고 계속 머리를 쓰다듬어 주었다.

이렇게 만지고 있으니까 정말 애완 고양이를 만져주는 것 같아서 기분이 괜찮았다.

물론 나한테 마구 만져지는 카시아스의 기분은 별로겠지만.

'후후후, 어떠냐.'

속이 그냥 뻥 뚫린다.

그래, 이렇게 복수하는 날도 있어야지.

"으흠흠~"

기분이 좋으니 콧노래가 절로 나온다.

카시아스는 포기한 건지 말없이 내 손길을 가만히 느끼고 있었다.

그러다 갑자기.

"폴리모프 해제."

라고 말하더니.

"응?"

환한 빛에 휩싸였다.

조금 놀랐지만 나는 여전히 카시아스를 쓰다듬었다.

그런데 이불 속에 갑자기 묵직한 무언가가 확 들어오는 게 아닌가?

이어.

물컹.

카시아스를 만지던 내 손에 전혀 다른 느낌의 무언가가 잡혔다.

"…어? 헙!"

하마터면 비명을 지를 뻔했다.

이불 밖으로 낯선 듯 익숙한 여인의 얼굴 하나가 쑥 튀어나와 있었기 때문이다.

그리고 조금 전까지 고양이 카시아스의 머리가 있던 자리
엔…….

물컹.

역시 이 느낌은.

"치워."

"응."

카시아스의 가슴이 있었다.

난 화들짝 놀라 손을 치웠다.

사람으로 돌아온 카시아스가 이불을 걷고 몸을 일으켰다.

창을 넘어 들어온 달빛이 그녀의 머릿결에 부서졌다.

어둠 속에서 은은하게 보이는 카시아스의 실루엣은 대단
히 아름다웠다.

살짝 보이는 얼굴과 몸매도 환상적이었다.

'맞아… 이렇게 예쁜 여자였지.'

고양이로 보낼 때는 전혀 인식 못 하고 있지만, 그녀는 톱
클래스의 미모를 간직한 엄청난 미인이다.

얼굴, 몸매, 분위기, 그 뭐 하나 빠지는 게 없는 여자다.

그런 여자가 지금 이 새벽에 내 방에 들어와 앉아 있다.

두근두근.

주책없게 가슴이 뛰었다.

"왜… 갑자기 사람으로……."

카시아스가 고개를 모로 꺾고 말했다.

"지기 싫어서."

진짜 대단한 성격이다.

처음 내 앞에서 본래 모습을 보여줬을 때 그녀가 했던 말이 있다.

자기는 사람일 때보다 고양이로 지내는 게 더 편하다고.

그런데 지기 싫어서 사람으로 변했단다.

"앞으로 절대 네 머리 쓰다듬지 않을게."

"좋은 생각이야."

"이제 고양이로 돌아가지?"

"싫은데?"

"…왜?"

뭔가 불길한 느낌이 들었다.

카시아스가 고혹적인 눈으로 날 바라보았다.

그 모습이 은근히 섹시해서 가슴은 전보다 더 뛰기 시작했다.

"아무래도 넌 이 모습에 더 약한 것 같으니까."

"약하기는 뭐가 약해? 고양이나 사람이나 어차피 속 알맹이는 똑같은데."

"그래서? 내가 어떤 모습으로 변하든 상관없다?"

"당연하지."

"과연 그럴까."

카시아스가 갑자기 내게 얼굴을 확 들이밀었다.

"왜, 왜 이래!"

내가 당황하며 몸을 뒤로 빼자 그녀가 씩 웃었다.

"사람은 보이는 것에 많이 현혹되지. 특히 수컷은 아름다운 여인의 모습에 더더욱 많이 현혹되는 법이고. 부끄러워할 건 없어. 그게 수컷의 본능이니까."

말을 하며 카시아스는 점점 더 내게 가까이 다가왔다.

아니, 정확히 말하자면 두 손으로 바닥을 짚고 무릎을 밀면서 반쯤 기어왔다.

이 여자가 갑자기 왜 이래!

아무리 나한테 지기 싫어도 그렇지 이건 오버하는 거잖아!

나는 뒤로 물러나다가 벽에 부딪혔다.

더 이상 물러날 곳이 없었다.

카시아스와 나의 간격은 점점 더 가까워졌다.

"자, 잠깐만. 졌어. 내가 잘못했어."

완전히 졌다.

나는 더 견디지 못하고 사과를 건넸다.

하지만 카시아스는 멈추지 않았다.

오히려 야릇한 미소까지 지어가며 더 농염하게 몸을 밀착시켰다.

얼굴과 얼굴도 코가 닿을 듯 가까워졌다.

카시아스의 콧김이 내 얼굴에 닿았다.

살짝 벌린 입에서도 뜨거운 숨이 느껴졌다.

'이런 상황은 혈기왕성한 남자한테 너무 가혹해.'

이걸 어떻게 해야 하지?

그 짧은 시간 동안 머릿속에서 별의별 생각들이 다 지나갔다.

평소에 얼굴만 마주하면 으르렁거리던 게 카시아스와 나의 사이였다.

그런데 갑자기 이런 식의 전개라니?

꼭 소설 속에서나 나올 법한 일이 아닌가.

물론… 소설 속 이야기보다 더 비현실적인 일들이 나한테 하루가 멀다 하고 일어나는 상황이긴 하지만.

아무튼 이건 아니다.

카시아스가 마약을 해서 정신이 이상하지 않은 이상 이런 식으로 행동할 이유가 없었다.

'혹시 이것도 꿈인가?'

그런 경우가 있지 않던가.

자다가 깨어난 줄 알았는데, 그게 다시 꿈이었고, 거기서 깨고 나니 다시 꿈이었고 무한정으로 꿈이 반복되는.

내가 지금 그 짝인 것 같… 기는 얼어 죽을.

이건 리얼이다.

카시아스는 내 앞에서 고개를 살짝 꺾었다.

'이건 완벽한 키스 포즌데?'

그러고서는 눈을 감았다.

나도 덩달아 눈을 감아버리고 말았다.

이제는 될 대로 되라다.

그 상태로 입술을 달달 떨며 기다리고 있는데, 입술에 닿아야 할 게 계속해서 닿지를 않았다.

이상해서 감았던 눈을 떴다.

그리고 방금 전의 내 행동을 절실히 후회했다.

카시아스는 언제 내게 다가왔냐는 듯 저만치 떨어져서 팔짱을 끼고 있었다.

"뭐야, 그건? 나한테 뭐 바라는 거라도 있었던 모양이지?"

"……."

당했다.

"날 그저 짜증 나는 존재 취급하는 줄 알았는데, 입술은 왜 내밀지? 너도 어쩔 수 없는 수컷이라 이건가? 상대가 누구든 간에 매력적인 여자라면 성욕을 해소하고 싶은가 보지?"

카시아스의 얼굴엔 승자의 미소가 걸려 있었다.

하아, 할 말이 없다.

이거였군.

카시아스는 확실하게 내 약점을 잡기 위해서 연기를 한 거였어.

진짜 무서운 여자다.

"욕정이 그리 차고 넘치는데 풀지 못해서 어쩌나."

"저기… 내가 완벽하게 졌고, 잘못했고, 까불어서 미안해. 그만하자."

"이제야 분수를 조금 아는군."

"그럼 다시 고양이로 돌아가 줄래?"

"싫다."

한 대 때리고 싶어진다.

카시아스는 그렇게 말하고서 다시 이불 위에 드러누웠다.

난 그런 그녀를 멍하니 바라보고 있다가 문득 조금 전에 꿨던 꿈이 떠올랐다.

"카시아스."

"왜."

"내가 꿈을 꿨는데."

"남의 꿈 얘기 관심 없다."

"데브게니안 대륙에 관련된 꿈이었어."

"……."

카시아스가 아무런 말도 하지 않았다.

그건 계속 이야기해 보라는 뜻이었다.

"꿈속에서 남자 한 명이랑 여자 한 명을 봤어. 두 사람은 엄청나게 척박한 땅에 서 있었어."

카시아스는 시선을 내게 두지 않고 천장에 고정시킨 채 이야기를 들었다.

자고로 청자의 태도가 좋아야 화자도 말할 기분이 난다는 걸 모르는 건가?

진짜 매너가 똥이다.

그래도 잠자코 있는 걸 보니 이야기를 듣고 싶긴 한 모양이다.

난 계속해서 말을 이어나갔다.

"여자는 누군지 모르겠더라고. 후드를 푹 눌러써서 얼굴도 보이지 않고, 목소리도 드문드문 끊겨서 들리고. 그런데 남자는 확실히 봤어. 붉은색 머리카락, 붉은색 눈동자."

"……."

여전히 카시아스는 천장과 눈싸움만 하고 있다.

"이름이 사크란이었어."

그제야 카시아스가 날 바라봤다.

그녀의 동공에 미세한 떨림이 일었다.

사크란이라는 이름에 동요하는 것이다.

하지만 그녀는 곧 아무렇지도 않다는 듯 담담한 음성으로 말했다.

"그래, 알아. 데브게니안 최악의 저주라 불리었던 사내지."

"역시 알고 있었네."

"그를 모르는 사람은 한 명도 없을 거다. 그만큼 강했고, 두려움의 대명사인 사내였으니까."

하기사 모르는 게 더 이상하겠다.

"카시아스는 그에 대해 잘 알아?"

"남들이 아는 것만큼은 알지."

"사크란을 사랑하는 여인이 있었던 것 같은데."

"알게 모르게 많은 여인들이 그를 사랑했지. 여자라는 생물은 강한 것에 끌리게 마련이니까."

"내가 꿨던 꿈속에서는 사크란도 그 여자를 사랑했던 것 같아. 여자의 일방적인 외사랑은 아니었어."

"…그래."

"카시아스는 사크란을 직접 만나본 적이 있어?"

"그게 왜 궁금하지?"

"데브게니안 대륙에서 카시아스는 대마법사였다며. 그럼 사크란을 한 번쯤 만나본 적이 있지 않았을까 싶어서."

"내가 사크란과 동시대를 살았을 거란 보장이 있나?"

"아… 그렇지."

두 사람이 동시대를 살지 않았다면 만나는 건 불가능하다. 난 질문을 바꿨다.

"내가 왜 이런 꿈을 꾼 걸까? 영혼의 퀘스트와 연계된 현상 같은 걸까?"

"그것까지는 나도 정확하게 모른다. 시간이 지나면 절로 알게 되겠지."

"너 말야, 갈수록 너무 무책임해지는 거 알고 있어?"

"일전에도 말했지만 이제는 너 스스로 잘 해나갈 수 있겠다고 생각하기 때문이야. 코흘리개 어린애도 아닌데, 내가 언

제까지 곁에서 돌봐줘야 하지?'

"날 세우기는. 그보다 이제 그만 가보지?"

"안 그래도 그럴 참이었다."

카시아스는 벌떡 일어서서 창문을 열었다.

그녀의 몸이 빛나더니 다시 고양이의 모습으로 돌아왔다.

창틀 위로 훌쩍 뛰어오른 카시아스가 날 돌아봤다.

"게으름 피우지 말고 열심히 영혼을 모아라."

"네가 말 안 해도 그럴 거야."

끝까지 미운 말만 하고서 그녀는 창을 넘어 사라졌다.

스산한 바람이 불어와 창을 얼른 닫았다.

'참 모르겠단 말이야.'

난 여전히 카시아스에게 궁금한 것투성이다.

왜 날 선택한 건지.

레이브란데의 인과율을 내게 시전함으로써 그녀가 얻는 게 무엇인지.

50개의 영혼을 모두 얻으면 무슨 일이 일어나는 것인지.

그녀는 내게 알려주지 않는다.

처음 만난 순간부터 지금까지, 카시아스는 여전히 내게 의문투성이다.

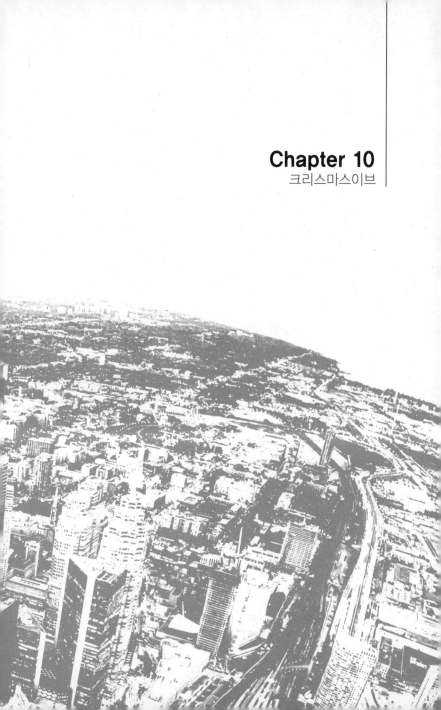

Chapter 10
크리스마스이브

드디어 고대하던 크리스마스이브 날이다.

새벽에 잠이 깨버린 터라 더 눈을 붙이지 않았다.

컴퓨터를 켜서 여기저기 인터넷 사이트들을 돌아다녔다.

시간은 금방 흘렀다.

해가 떠오르며 어둠을 밀어낼 즈음 부엌에서 아침을 차리
는 소리가 들려왔다.

얼마 안 있어 맛있는 냄새가 코를 자극했다.

"지웅아~ 지나야~ 일어났니?"

"네~ 일어났어요."

대답을 하며 거실로 나갔다.

누나도 눈을 비비며 거실로 나왔다.

아버지는 새벽에 들어오시기 때문에 아침을 드시지 않는다.

점심때까지는 푹 주무셔야 한다.

내가 먼저 화장실로 들어가 샤워를 하고 나왔다.

이어, 누나가 들어갔다.

그사이 상이 차려졌다.

엄마와 나는 먼저 앉아서 아침을 먹었다.

뒤늦게 누나가 나와 수건으로 머리를 감싸고 상에 앉았다.

"치사하게 둘이서만 먼저 먹기야?"

누나가 툴툴댔다.

"그러게 조금 빨리 일어나서 씻지."

엄마가 핀잔을 주었다.

"그나저나 오늘 크리스마스이브네. 지나야, 너 남자 친구 없니?"

"없어요."

"왜 없을까."

"남자 만날 시간이 어디 있어, 내가."

누나는 천연덕스럽게 거짓말을 했다.

밖에 나가면 누나한테 목매는 남자가 한 트럭이다.

진지하게 사귀는 남자만 없을 뿐이지 가볍게 만나는 남자는 수두룩할 거다.

까톡! 까톡! 까톡! 까톡!

저것 봐라.

벌써부터 누나의 스마트폰이 난리가 났다.

하지만 누나는 관심도 없다는 듯 심드렁했다.

"잘 먹었습니다."

나는 아침을 먹고 일어나 교복을 입었다.

그리고 밖으로 나가는데 누나가 그런 내 뒤를 재빨리 따라

왔다.

"같이 가! 엄마, 회사 다녀올게요!"

누나랑 나는 나란히 버스 정류장으로 향했다.

걸어가면서 누나가 내게 말을 걸었다.

"야."

"내게는 유지웅이라는 이름이 있으니 이름으로 불러주세

요."

"까부네. 아무튼 너 오늘 뭐하냐?"

"오늘? 왜?"

"크리스마스이브잖아. 여자 안 만나?"

"……."

난 그냥 입을 다물었다.

그러자 누나가 눈을 가늘게 뜨고서 내 옆구리를 쿡 찔렀다.

"호오~? 요것 봐라! 너 만나는 여자 있지?"

"그게 왜 궁금해?"

"19년 인생 찌질하게 살던 내 동생한테 드디어 여자가 생겼다는데 놀랍잖아!"

"나 여자 생겼다고 말한 적 없는데."

"침묵은 무언의 긍정이라는 거 몰라? 그래서, 어떤 여잔데? 예뻐?"

"몰라도 돼."

"우와~ 얘 좀 봐. 진짜로 만나는 여자 있나 보네?"

아이고, 귀찮아.

"누나, 아침부터 피곤해지기 싫으니까 조용히 가자."

"언제 한번 누나랑 셋이 만나자."

"왜?"

"여자는 여자가 봐야 제대로 알 수 있는 법이거든. 언제 볼까? 이번 주 주말 어때?"

뭐가 이렇게 급해?

무엇보다 난 아랑이와 누나를 만나게 해줄 생각이 전혀 없다.

"그 얘긴 다음에 해."

"왜~ 지금 해."

"아, 버스 왔다!"

나이스 타이밍.

난감하던 차에 버스가 도착했고 난 얼른 올라탔다.

누나는 나와 가는 방향이 달라서 다른 버스를 타야 한다.

빈 좌석에 앉아 창밖을 보니 누나가 뾰로통한 얼굴로 날 쏘아보고 있었다.

난 그런 누나에게 씩 웃으며 손을 흔들어 주었다.

누나는 내게 가운데 손가락을 올려 보였다.

하여튼 성질하고는.

* * *

교실에 들어서자 아랑이가 날 보며 반갑게 인사했다.

"지웅아, 일찍 왔네?"

"응, 그러는 너야말로 엄청 빨리 왔잖아?"

"그냥… 어제 잠을 좀 설쳐서."

"잠을? 왜? 무슨 일 있는 거야?"

"뭔가 초등학교 때 소풍 가기 전날처럼 조금 설레는 바람에 그랬어."

"아…….."

지금 그 말은 오늘 나랑 데이트 약속이 잡혀서 설레었다는 거 맞지?

아랑이가 저렇게 얘기하니 갑자기 나도 가슴이 콩닥거리며 뛴다.

그 이후로 시간이 어떻게 흘렀는지 모르겠다.

오전 내내 멍하니 앉아 있다가 정신을 차려보니 하교 시간이었다.

"지웅아, 집에 가자."

상덕이가 책가방을 메고 일어서며 말했다.

어차피 이제 공부할 것도 없는데 책가방은 왜 꼬박꼬박 들고 다니는지 모르겠다.

"오늘 약속 있다."

"무슨 약속?"

그때 아랑이가 다가왔다.

"가자, 지웅아."

"응, 그래."

상덕이가 묘한 표정으로 나와 아랑이를 번갈아 봤다.

"둘이 약속 있는 거야?"

"응."

"둘만? 다른 사람 없이, 단둘이서?"

"그래."

상덕이는 몹시 억울한 얼굴이 되었다.

그러더니 다짜고짜 내 멱을 틀어쥐었다.

"너만큼은 나와 같이 평생 싱글일 줄 알았는데……! 이런 식으로 떠나가는 거냐!"

"…뭐라는 거야."

당황한 아랑이가 상덕이에게 얼른 말했다.

"상덕아, 그럼 너도 같이……."

"에잇!"

상덕이는 아랑이의 말을 듣지도 않고 뛰쳐나가 버렸다.

"하아."

절로 한숨이 나왔다.

나이도 먹을 만큼 먹은 놈이 대체 왜 저 모양인지.

가끔씩 저 녀석이 얼빠진 짓을 할 때마다 머리에 이상이 있는 건 아닌지 진심으로 걱정된다.

아랑이도 놀라서 눈만 꿈뻑꿈뻑거렸다.

"신경 쓰지 말고, 가자 아랑아."

"그래도… 상덕이 상처받은 것 같던데."

"저놈이 저런 행동 하는 거 한두 번이 아니야. 걱정 안 해도 돼."

"가장 친한 친구잖아?"

"그러니까 잘 알지. 저러다가 하루 지나면 알아서 풀려."

"그럴까?"

"그래, 얼른 가자."

난 아랑이가 혹여라도 상덕이를 불러 셋이 밥 먹자고 할까봐 얼른 그녀의 손을 잡아끌었다.

아랑이는 흠칫! 하더니 이내 날 따라 걸었다.

*   *   *

교문을 나와 버스 정류장까지 계속 걸었다.

버스 정류장에 도착하고 나니 아랑이의 얼굴이 붉게 달아올라 있었다.

"아랑아, 왜 그래? 안색이 안 좋은데. 상덕이 신경 쓰여서?"

아랑이가 고개를 저었다.

"아니."

"그럼? 어디 아파?"

"그게 아니라… 소, 손."

"응?"

난 그제야 알았다.

여태까지 아랑이의 손을 잡고 걸었다는 것을.

"윽."

깜짝 놀라서 얼른 손을 놓았다.

아직 정식으로 사귀는 사이 같은 것도 아닌데 이 무슨 실수를!

상덕이 때문에 상황이 꼬일 것 같아 얼른 아랑이를 끌고 나온다는 게 나도 모르게 손을 계속 잡고 있었던 모양이다.

"미, 미안."

내 말에 아랑이는 재차 고개를 저었다.

"아니… 괜찮은데."

"응?"

아랑이가 다시 내 손을 슥 잡았다.

"괜찮아, 난. 손잡아도 좋아."

쿵쾅쿵쾅!

속에서 북이라도 때리는 것처럼 가슴이 뛰었다.

이제 어떻게 해야 하는 거지?

머릿속에서 갖가지 생각이 다 들었다.

여자 쪽에서 손을 잡아주었을 때, 그다음은 어째야 하는지 나는 아는 게 없었다.

19년 동안 연애 고자로 살았으니 당연한 일이다.

그때 마침 버스 한 대가 섰다.

아랑이는 버스를 보더니 말했다.

"아, 저거 타야 돼. 내가 데려가려는 맛집, 명동에 있거든."

"그래? 그럼 타자."

"응."

우리는 손을 잡고 버스에 올랐다.

그리고 비어 있는 뒷좌석으로 가 나란히 앉았다.

그때까지도 아랑이는 내 손을 놓지 않았다.

정말이지 구름 위를 걷는 기분이었다.

하지만 얼마 못 가 그 좋은 기분에 재를 끼얹는 사건이 터지고 말았다.

다다음 정류장에서 좀 날티 나 보이는 사내놈들 셋이 버스에 올랐는데 우리 쪽으로 걸어오면서 계속 나와 아랑이를 이상한 시선으로 바라보는 것이었다.

'시비 걸지 말아라.'

어지간하면 이 소중한 시간을 망치기 싫었다.

그러나 그놈들은 내 바람을 들어주지 않았다.

세 녀석 중 둘은 우리 뒷좌석에 앉았고 한 놈은 그냥 서서 손잡이를 잡았다.

그런데 뒤에 앉은 사내놈 둘이 마치 우리더러 들으라는 듯이 이런 말을 했다.

"그림 좋다. 고딩들이 손잡고 다니고."

"나도 저럴 때가 있었는데."

"여자는 졸라 예쁘네."

속에서 화가 울컥하고 치밀었지만 일단 참았다.

아랑이도 애써 놈들을 무시한 채 내 손을 더 꽉 잡았다.

그래, 참자 참아.

좋은 날이니까 참아야 한다.

"여자가 예쁘면 남자가 그만큼 뭘 좀 알아야 하는데, 아직 대가리에 피도 안 마른 고삐리가 뭘 알겠냐?"

"모르지, 몰라."

"우리가 알려줄 수 있는데."

"꼬마 아가씨, 비리비리한 남친은 그냥 다음 정거장에서 내리라 그러고 오빠들이랑 놀래?"

이 자식들이 이제는 노골적으로 시비를 걸어왔다.

아랑이가 그들을 돌아보고서는 담담하게 말했다.

"죄송한데요, 저 당신들이랑 놀 생각 없어요. 오늘은 남자 친구랑 기분 좋게 보내고 싶거든요. 그러니까 그만해 주셨으면 해요."

"푸하하하! 이야~ 완전 세게 나오는데?"

"졸라 사랑하나 봐? 야, 여자 친구 교육 잘 시켰다?"

이유가 뭘까?

왜 이런 놈들은 자신들에게 아무 짓도 안 한 사람들한테 시비를 거는 걸까.

그것도 이런 백주대낮에 멀쩡한 정신으로.

내 상식으로는 이해가 되질 않았다.

"아오, 어제 나이트에서 삥이만 치다가 골뱅이 하나 얻어걸리지도 않아서 기분 뭣 같은데 진짜 짜증 나네."

"꼬마 아가씨. 오빠들 나쁜 사람 아니야. 그냥 같이 놀자. 괜히 네 남자 친구 험한 꼴 당하면 가슴 아프잖아. 응?"

그래.

이 녀석들에게 이유 같은 건 없다.

그냥 모든 게 다 비뚤게 보이는 거다.

내일 같은 건 없고 오늘만 사는 놈들이다.

세상에 대한 불만과 분노가 가슴 가득 차 있는데, 해소할 방법이 없으니 되는대로 풀고 다는 거겠지.

하지만 상대를 잘못 골랐다.

여기서 멈추지 않으면 나도 더는 잠자코 있기 힘들다.

"야, 여자 친구 좀 빌려주라?"

툭.

한 놈이 그리 말하며 내 머리를 탁 쳤다.

"이 새끼 쫄았냐? 아무 말도 못 하네."

"하하하하하!"

세 녀석이 크게 웃었다.

결국 난 아랑이의 손을 놓고 벌떡 일어서서 놈들을 돌아보았다.

"어? 왜? 화났냐? 한 대 치고 싶어졌어? 그럼 쳐 봐."

이쯤 되니 아랑이도 날 말리지 않았다.

아랑이는 나에 대해 잘 알고 있다.

아랑이를 구하기 위해 다운 타운에 가서 데스 파이트까지 치르고 왔던 나다.

이런 녀석들 트럭으로 와도 날 어쩐진 못한다.

난 세 놈들의 눈을 하나하나 마주치며 경고했다.

"한 번만 더 잡소리 지껄이면 가만 안 둔다."

"오호호~ 세게 나오는데?"

"뭐래, 미친놈이."

"개새끼가, 쳐 돌았나!"

한 놈이 내 멱을 틀어쥐려 했다.

난 그 손목을 낚아채 힘을 꽉 주었다.

"악!"

내게 손목을 잡힌 놈이 비명을 지르며 괴로워했다.

그러자 옆에 앉아 있던 녀석이 다짜고짜 주먹을 내질렀다.

하지만 너무 느렸다.

하품이 나올 정도로 느려 터진 주먹에 맞아줄 바보가 아니다, 나는.

날아오는 주먹을 피하고서 놈의 턱을 잡았다.

맘 같아서는 몇 대 먹여주고 싶지만 보는 눈이 많았다.

괜히 일이 커지면 데이트는 고사하고 경찰서에서 하루를 보내게 될지도 모른다.

'그렇다면.'

사람들이 볼 수 없는 방법으로 혼을 내줘야겠지.

난 포이즌의 능력을 발휘, 수천 가지의 독 중 급성 식중독균을 내게 잡힌 두 녀석에게 흘려 보냈다.

그러는 사이 옆에 서 있던 놈이 주먹을 날렸다.

그마저도 피하고서 놈의 머리채를 휘어잡아 눈을 똑바로 보며 살기를 쏘아 보냈다.

이미 영혼의 퀘스트를 여러 번 하며 살기라는 것을 어떻게 다루는지 익숙해진 터였다.

"너… 진짜 죽여 버린다."

내 살기에 그대로 노출된 녀석의 동공이 몹시도 흔들렸다.

놈의 눈동자는 공포에 완전히 잠식되어 있었다.

난 계속해서 살기를 쏘아 보냈다.

그러자 놈의 몸이 바들바들 떨려왔다.

덜컹!

그때 버스가 요철을 넘으며 살짝 흔들렸다.

난 잡고 있던 녀석의 머리채를 놓았고, 그놈은 다리에 힘이 풀려 자리에 풀썩 쓰러졌다.

녀석은 감히 나와 눈을 마주치지도 못하고 눈을 내리깔았다.

"억!"

"으어억."

마침 급성 식중독에 중독된 두 녀석이 고통스러워했다.

식중독 균이 빠르게 퍼져서 몸을 괴롭히는 것이다.

놈들의 얼굴에 큼직큼직한 두드러기가 마구 올라왔다.

"어… 야, 야 왜 그래?"

바닥에 쓰러졌던 녀석이 일어나 괴로워하는 친구들을 보며 물었다.

"나… 이, 이상해. 내, 내리자."

"나도… 모, 몸이 가렵고 속이… 우욱!"

두 녀석은 금방이라도 토할 것처럼 입을 틀어막고 욱욱거렸다.

그러자 놀란 나머지 한 놈이 버스 기사님에게 소리쳤다.

"아저씨! 차 세워주세요!"

기사님은 얼른 차를 세웠고, 세 녀석은 꼬랑지를 감춘 개처럼 도망치듯 버스에서 내렸다.

버스가 다시 출발하고 나서 난 자리에 앉았다.

아랑이가 그런 내 손을 잡고서 빙긋 웃었다.

"잘했어, 지웅아."

"미안. 최대한 참으려고 했는데."

"아니야. 저런 인간들한테는 본때를 보여줘야 돼. 그런데… 그 사람들 갑자기 왜 그런 걸까? 얼굴에 막 두드러기 일어나고 힘들어하던데."

"글쎄. 뭐, 음식 잘못 먹고 식중독이라도 걸린 모양이지."

"쌤통이다. 평소에 맘을 못되게 쓰니까 그러는 거야."

"맞아, 내가 봐도 그런 것 같아."

아랑이와 나는 둘이 키득거리며 계속 웃었다.

그러다 보니 이제는 손을 잡고 있는 것도 익숙해졌다.

좋은 날, 갑자기 나타난 양아치들 때문에 하루를 망쳐 버리는 게 아닌가 걱정했는데, 오히려 그게 도움이 되었다.

*   *   *

늘 그렇듯이 아랑이의 먹방 투어는 식당 세 곳을 들를 때까지 멈추지 않았다.

배를 넉넉하게 채운 아랑이는 시간을 확인하더니 내게 물었다.

"우리 이제 뭐할까?"

"음… 영화 볼까?"

무심코 난 그렇게 말했다.

평소 같았다면 영화를 보자는 제안 자체를 못 했을 것이다.

그런데 지금은 다른 날보다 아랑이가 편했다.

아랑이는 흔쾌히 고개를 끄덕였다.

"좋아! 안 그래도 나 보고 싶은 거 있었어."

"그럼 보러 가자."

"응!"

*   *   *

아랑이와 나는 영화를 보고 나와서 오락실에 들러 같이 오락을 했다.

그다음엔 노래방을 갔다가 나와서 다시 저녁을 먹었다.

그렇게 놀고 나니 벌써 아홉 시가 다 되어 있었다.

아랑이의 집은 외진 곳에 있어서 버스가 거의 다니질 않는다.

그래서 아랑이는 늘 택시를 타고 집에 들어간다.

난 아랑이의 택시를 잡아주기 위해 도로변으로 나왔다.

둘이서 택시를 기다리며 대화를 나눴다.

"오늘 즐거웠어, 지웅아."

"나도 즐거웠어."

"돈 너무 많이 쓴 거 아니야?"

"점심 저녁은 네가 계산했잖아? 나는 영화랑 노래방 간 것만 냈는데, 뭐."

"그래도~ 내가 먼저 만나자고 한 거니까."

"그런 거 신경 안 써도 돼."

옛날 같았다면 천 원짜리 한 장에도 바들바들 떨었겠지만, 지금은 충분히 돈을 벌고 있으니까.

그건 그렇고 아무리 봐도 아랑이는 천사인 것 같다.

세상에 남자 지갑 형편까지 신경 써주는 여자가 얼마나 있을까?

그때 택시 한 대가 가까이 다가왔다.

나는 손을 들어 택시를 잡았다.

아랑이가 뒷좌석에 타서 창문을 내렸다.

"그럼 갈게."

"그래, 잘 가 아랑아. 그리고……."

"그리고?"

"조만간 또 둘이 만날래?"

사실 이 얘기를 한참 전부터 하고 싶었다.

그런데 도통 용기가 나지 않았다.

난 말을 해놓고 아랑이의 반응을 살폈다.

다행스럽게도 아랑이는 밝게 미소 지으며 고개를 끄덕였다.

"응, 그리고 싶어."

"연락할게!"

"알았어. 나도 도착해서 연락할게."

아랑이는 손을 흔들었고 택시는 출발했다.

나는 아랑이를 태운 택시가 눈앞에서 사라질 때까지 계속 그 자리에 서 있었다.

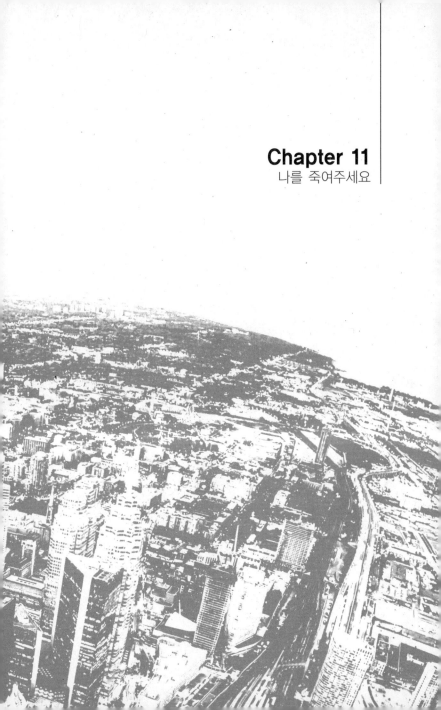

Chapter 11
나를 죽여주세요

크리스마스는 가족과 함께 보낼 예정이었다.

하지만 아버지는 크리스마스에도 가게 문을 열었다.

누나는 남자를 만나러 나갔다.

결국 나는 가게에 나가 아버지의 일을 도와드렸다.

가게가 파하고 집으로 돌아오니 새벽 다섯 시.

한데 그때까지도 엄마는 주무시지 않고 계셨다.

남자를 만나고 돌아온 누나도 마찬가지였다.

나랑 아버지를 기다린 것이다.

네 가족은 아침이 밝아 오는 시간에 함께 모여 조촐하게 술
자리를 벌였다.

그렇게 크리스마스가 지나가고 다음 날 학교는 겨울방학에 들어갔다.

그동안 난 일부러 데일리 히어로 홈페이지에도 접속하지 않았고 마인드 탭을 열지도 않았다.

그냥 아무 생각도 없이 쉬고 싶었기 때문이다.

방학을 하고 나서 이틀이 지나고 난 다음에야 비로소 난 푹 쉬었다는 느낌을 받았다.

휴식을 취했으니 이제 다시 활동을 할 때다.

"마인드 탭."

이름 : 유지웅

소속 : 지구, 대한민국

성별 : 남

나이 : 19

영력 : 21/21

영매 : 18

아티팩트 소켓 : 4/4

보유 링크 : 2,542

그동안 동영상으로 조금씩 쌓인 링크가 벌써 2,500이 넘어 있었다.

티끌 모아 태산이라더니.

"그러면… 능력 하나 정도는 살 수 있으려나?"

일단은 접속해 보자.

"소울 커넥트."

*　　　*　　　*

"제발 부탁이니까 링크 좀 많이 가지고 오세요."

라헬은 대면하자마자 면박부터 줬다.

"그거야 내 마음이지. 살 수 있는 영혼이나 보여줘 봐."

라헬이 매우 못마땅한 얼굴로 손가락을 딱 튕겼다.

그러자 두 개의 영혼이 나타났다.

"링크도 얼마 없는 뜨내기손님한테 설명해 주기 엄청나게 귀찮지만 일은 일이니까 해야겠죠."

진심으로 한 대 쥐어박고 싶다.

라헬은 오른쪽 영혼을 가리키며 말했다.

"이 영혼의 이름은 잘루스. 1,500링크고 영력은 20이 필요해요. 잘루스의 능력은 투시죠."

"투시? 그거… 엄청 좋은 능력이잖아?"

투시라고 하면 남자들의 로망이 아니던가.

남자라면 어렸을 때 누구나 한 번쯤 똑같은 생각을 했을 것이다.

투시하는 능력을 얻어 여자의 옷 속을 투시해 보고 싶다고.

내 그런 생각을 라헬이 눈치챘는지 한심하다는 투로 말했다.

"방금 야한 생각 하셨죠?"

"아, 안했어!"

"어? 말 더듬네?"

"아니라니까!"

그래, 사실 하긴 했다.

그런데 다 커서 투시 능력으로 여자 옷 속이나 훔쳐보는 그런 치사한 짓거리를 할 맘은 추호도 없다.

그냥 어린 시절의 로망이었던 능력을 얻게 된다고 하니 나도 모르게 그런 생각을 하게 된 것뿐이다.

"다른 영혼에 대해서나 마저 설명해."

라헬이 왼쪽 영혼을 가리켰다.

"영혼의 이름은 샹체. 능력은 타임 리와인드입니다. 필요한 링크와 영력은 잘루스와 같아요."

"타임 리와인드?"

"한마디로 시간을 되감을 수 있다는 얘기죠. 능력을 발휘하면 3초 전으로 돌아갈 수 있답니다."

이거 대박이다!

비록 3초긴 하지만 어쨌든 타임 리와인드는 과거 회귀의 능력이다.

3초가 우스워 보일 수도 있다.

하지만 그 3초 때문에 인생이 갈리는 사람은 수도 없이 많다.

만약 지금 내가 길을 가다가 코앞에서 차에 치이는 아이를 봤다고 치자.

시간을 3초 전으로 되돌리면 내 능력으로 얼마든지 아이를 살릴 수 있다.

한마디로 이 3초의 요점은 정보를 미리 파악할 수 있다는 것이다.

아무런 정보가 없을 땐 내가 인간의 한계를 초월하는 육신을 가지고 있다 하더라도 갑자기 달려든 차에 치인 아이를 구할 수가 없다.

그러나 정보가 있으면 미리 대처해서 살릴 수가 있다.

이건 가히 미래를 바꿀 수 있는 능력이라고 해도 과언이 아니다.

"상체의 능력을 시켰어."

"…네?"

"왜? 뭐 잘못됐어?"

"아직 영혼들에 대한 열전도 얘기 안 했는걸요."

"아, 할 거야? 그럼 해."

라헬 저놈은 기분 좋을 땐 영혼들의 열전을 얘기해 주지만, 기분이 별로일 땐 대충 설명하고 넘어간다.

오늘도 기분이 별로인지라 열전 따위 그냥 넘어가는 줄 알았…….

"안 할 건데요."

"…한 대만 때리자."

"1,500링크 잘 받았습니다. 이제 꺼지… 아니, 가세요."

방금 꺼지라고 말하려 그랬지!

난 라헬에게 따지고 싶었지만, 그럴 새도 없이 소울 스토어와의 접속이 끝났다.

*　　　*　　　*

이제 남은 건 1,000링크 정도였다.

하지만 지금도 간헐적으로 계속해서 링크가 쌓이고 있다.

"어디~ 의뢰가 얼마나 늘었나."

데일리 히어로 사이트에 접속해 의뢰 게시판을 들어갔다.

며칠 안 보는 새 새로운 의뢰는 서른 건이 넘게 쌓였다.

하나하나 읽어보면서 내가 들어줄 수 있는 의뢰들을 솎아내는 작업을 시작했다.

그런데 새 의뢰들 중 특이한 제목의 의뢰가 있었다.

'나를 죽여주세요.'

죽여달라고?

왜 멀쩡한 사람을 살인자로 만들려 하는 거야?

의아함을 품은 채 제목을 클릭했다.

그러자 장문의 글이 모니터에 나타났다.

[안녕하세요, 오들리 님.]

오들리는 내가 민하늬를 만나고부터 인터넷에서 사용하는 닉네임이었다.

그전에는 그냥 데일리 히어로라는 닉네임을 사용했었다.

[저는 백설우라고 합니다.]

백설우? 가만… 백설우라는 이름이 낯설지가 않은데.

[저는 로열 그룹의 사장님인 백 천 자, 호 자 쓰시는 아버지의 장남입니다.]

기억났다!

얼마 전, 길거리에서 만났던 자폐아 소년!

난 백설우가 차에 치일 뻔한 것을 구해줬었다.

자폐증에 걸려 말도 안 되는 힘을 냈던 소년이었다.

[저는 열여섯 살입니다. 저는 자폐증이 있습니다.]

역시, 그 녀석이 맞았다.

자폐증이 있어서 그런지 글이 많이 투박하고 딱딱했다.

뭔가 꾸밈이 없고 있는 사실 그대로만 전하는 듯한 느낌이었다.

[저는 죽고 싶습니다. 아무도 날 좋아하지 않습니다. 엄마는 날 좋아했습니다. 그런데 엄마는 팔 년 전에 돌아가셨습니다. 아버지는 날 싫어합니다. 얼굴 보는 것도 싫어합니다. 경호원 아저씨도 날 싫어합니다. 내가 죽기를 바랍니다. 하지만 날 죽이진 않습니다. 내가 사고로 죽기를 원합니다. 저는 가끔씩 발작을 합니다. 그러면 눈앞이 까매집니다. 마구 달립니다. 그걸 경호원 아저씨는 알고 있습니다. 그래서 병원에 갈 때 일부러 제가 탄 차 문을 잠그지 않습니다.]

…어째 내용이 점점 심각해진다.

처음에는 장난 글이거나 단순히 자살하고 싶은 인간이 똥 싸질러 놓은 글이겠거니 생각했다.

그런데 아니었다.

그런 것과는 차원이 다른 문제가 담긴 글이었다.

[경호원 아저씨는 내가 차 타고 갈 때 발작하기를 원합니다. 그래서 문 열고 나가서 차에 치여 죽기를 원합니다. 말 안 해도 압니다. 하지만 발작 안 했습니다. 그런데 얼마 전에 한 번 발작했습니다. 차 문 열고 달렸던 것 같지만 기억 안 납니다. 정신 차려 보니 누군가 절 안고 노래 불러주고 있었습니다. 그 형 때문에 살았습니다. 이름도 기억합니다. 유지웅이라고 했습니다. 날 구해준 지웅 형에게는 미안하지만, 난 죽고 싶습니다. 더 살기가 힘듭니다. 아무도 날 좋아하지 않고 다 내가 죽기만을 바랍니다.]

이게 사실일까?

경호원들이야 어떠한 사정이 있어서 그렇다고 한다면 이해할 법도 하다.

그런데 백설우의 아버지까지 그가 죽기를 바란다니.

제 자식이 죽기를 바라는 아버지가 세상에 어디 있을까?

내 상식으로는 이해하기 힘들었다.

아무리 세상이 미쳐 돌아간다고 해도 이건 아니었다.

'혹시 백설우가 뭔가를 오해하고 있는 게 아닐까?'

그럴지도 모른다.

자폐증으로 인해 자격지심과 피해망상 같은 것이 생겼을지도 모를 일이다.

나는 계속해서 글을 읽었다.

[오들리 님은 내가 오해하고 있는 거라 생각할지도 모릅니다.]

…정곡을 찔렀군.

[하지만 사실입니다. 저한테는 동생이 있습니다. 동생은 열네 살이고 남잡니다. 이름은 백진우입니다. 진우는 아무런 병도 없습니다. 진우는 건강합니다. 그리고 똑똑합니다. 하지만 작은아버지는 우리 아버지에게 장남인 나를 사장 자리에 앉혀야 한다고 합니다. 아버지는 진우를 좋아합니다. 나만 없으면 됩니다. 그러면 진우가 사장이 됩니다. 아버지도 좋아할 겁니다. 그런데 나는 죽을 용기가 없습니다. 그래서 부탁드립니다. 나를 죽여주세요. 오들리 님 부탁드립니다. 제발 죽여주세요.]

글은 그렇게 끝이 났다.
설우는 진심으로 죽고 싶어 하고 있었다.
그리고 그 이유에 대해서도 알 수 있었다.
한마디로 이건 가문 내의 알력 싸움이었다.
'현 로열 그룹의 사장인 백천호는 차남인 백진우를 후계자로 삼고 싶어 한다. 장남이 자폐아니 어쩔 수 없는 일이겠지.

하지만 백천호의 동생은 백설우를 사장 자리에 앉혀야 한다고 주장하고 있다. 왜?

백설우를 장남이라는 명목 하나로 어떻게든 사장 자리에 앉힌 뒤, 다시 끌어내리고 자신의 자식을 새로운 후계자로 지목하기 위해서겠지.

난 인터넷 창에 로열 그룹 가문의 사람들을 검색해 봤다.

로열 그룹은 회장 백종인을 중심으로 그 밑에 두 아들이 있었고, 그중 장남인 백천호가 사장, 차남인 백중호가 부사장직을 맡고 있었다.

'백설우의 말이 사실이라면 백천호와 백중호는 현재 편한 사이가 아니라는 거지.'

백중호는 지금 백설우를 차기 사장으로 지지하고 있다.

만약 그러다가 정말 백설우가 사장이 된다면, 아까 말했듯이 적어도 1, 2년 내에 사장의 자질을 논하면서 그를 끌어내릴 것이다.

물론 백천호도 가만있지는 않겠지.

네녀석이 백설우를 지지하지 않았느냐 따질 것이다.

그러나 백중호는 결국 모든 결정을 내린 것은 백천호니 당신의 책임이 막중하다 할 것이다.

그렇게 되면 백천호에겐 힘이 빠진다.

그에게는 더 이상 발언권이 없어질 것이 뻔하다.

그때 백중호는 자신의 아들을 사장으로 추천할 것이다.

대충 봐도 그려지는 그림이다.

'결국 아버지들끼리의 세력 다툼에서 자폐아인 백설우만 불쌍해지는 입장이란 말이야.'

이 일이 그마나 원만하게 정리되려면 방법은 한 가지밖에 없었다.

백설우가 정상인이 되는 것이다.

그러나 현대 의학으로 자폐아를 고치는 건 불가능하다.

그렇다고 백설우를 내가 죽여줄 수 있는 것도 아니다.

백설우에게는 미안하지만 이건 내가 손댈 수 있는 문제가 아니었다.

나는 보고 있던 페이지에서 빠져나와 다른 의뢰글들을 읽어나갔다.

한데 눈에 잘 들어오지 않았다.

한 번 구해준 것도 인연이라고 자꾸만 백설우가 신경 쓰였다.

'그렇지만 방법이 없잖아.'

그저 가슴만 먹먹해졌다.

짝짝!

두 손으로 뺨을 두들겼다.

내가 해결할 수 없는 일에 너무 신경 쓰면 안 된다.

안 되는 건 안 되는 거다.

안타깝지만 그를 도와줄 수 없다는 미안함에 내 할 일을 못

해서야 되겠는가.

난 정신을 차리고 다시 다른 의뢰들을 집중해서 읽었다.

그리고 도움을 줄 수 있는 의뢰 목록을 추려 보았다.

서른 개 중 총 두 개.

전에 의뢰에서 추려낸 것까지 합하면 전부 아홉 개다.

일단은 이 의뢰들부터 해결하는 게 우선이다.

나는 백설우에 대한 미안함을 가슴속 한켠으로 밀어버렸다.

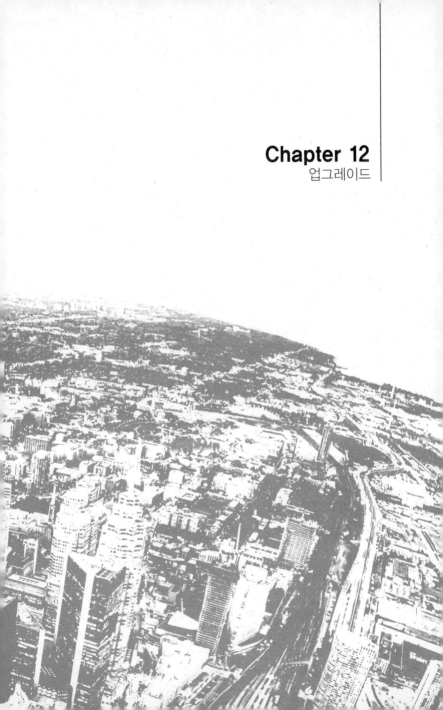

Chapter 12
업그레이드

겨울방학을 한 지도 20일이 지나가고 있었다.

그동안 나는 총 스무 개의 의뢰를 해결했다.

거의 하루에 하나 꼴로 해결한 것이다.

물론 그 의뢰들은 모두 동영상으로 찍어 유튜브와 데일리 히어로 홈페이지에 등록해 놓았다.

일전에 해결한 의뢰 동영상까지 총 25개의 동영상이 업로드되었다.

제법 영상이 쌓이다 보니 점점 데일리 히어로의 유튜브 채널이 활성화되었다.

구독자도 이제 15만 명이 넘어갔다.

그만큼 동영상 하나하나의 조회수도 높아졌다.

기본이 5만 이상이고, 특히 인기 있는 동영상의 경우는 40만을 돌파했다.

데일리 히어로 채널에서 올리는 모든 동영상은 유튜브와 파트너십을 맺었기에 조회수 1,000당 1에서 3달러의 금액이 책정된다.

아직 내 통장으로 들어온 돈은 없었지만 곧 제법 많은 액수의 돈이 들어올 터였다.

유튜브 채널이 인기를 끄는 만큼 데일리 히어로 홈페이지도 유명해졌다.

이제는 하루에 적게는 20, 많게는 50건의 의뢰가 올라오기 시작했다.

도저히 혼자서는 감당하기 힘든 수준까지 가버린 것이다.

링크도 무섭게 쌓여갔다.

나는 링크가 쌓이는 동안 소울 스토어에 접속할까도 생각했으나 당장 새로운 능력을 얻어야 하는 게 급한 일도 아니고 무엇보다 라헬 그 자식이 비아냥거리는 게 꼴사나워서 꾹 참았다.

이번에는 정말 많은 링크를 가지고 접속해 그놈의 코를 확 눌러주리라는 생각 때문이었다.

홈페이지에 쌓여가는 의뢰들을 읽다가 상덕이에게 전화를 걸었다.

상덕이는 현재 내 직원이기 때문에 언제 어느 때든 내 전화를 반드시 받았다.

이번에도 벨 소리가 몇 번 울리기도 전에 상덕이의 음성이 들려왔다.

—응, 지웅아.

"상덕아, 아무래도 회사를 좀 키워야겠다."

—뭐? 왜?

뭐? 왜?

이 자식이 이게 생각이 있는 놈이야, 없는 놈이야?

"야, 게시판에 올라오는 의뢰 건수를 봐봐. 저걸 혼자서 어떻게 다 감당해?"

—그거 다 들어줄 필요 있냐? 그냥 대충 만만한 것들로 몇 개씩만 골라서 들어주면 되지.

"그 만만한 것들만 추려도 혼자 해결하기엔 무리가 있다니까. 직원을 늘려야 돼."

—어떻게 직원을 늘려? 그리고 직원을 늘리면? 그 직원들이 너처럼 의뢰들을 척척 해나갈 수 있을 것 같아?

"네 말마따나 정말 만만한 것들은 충분히 일반인도 할 수 있어. 내가 어느 정도 계획만 세워주면 돼. 그리고 나는 조금 힘든 의뢰들을 해결하면 되는 거고."

물론 그렇게 할 경우 직원들이 해결하는 의뢰를 찍은 동영상은 아무리 많은 사람이 본다고 해도 내 링크가 올라가는 데

도움을 주지 못한다.

하지만 파급효과라는 게 있다.

지금 데일리 히어로 채널의 경우 1+1=2가 되는 게 아니라 10이 될 수도 100이 될 수도 있다.

한마디로 말해서 굳이 내가 의뢰를 해결한 동영상이 아니더라도 아무튼 많은 동영상이 올라가면 채널의 구독자는 많아진다.

그리고 많아진 구독자들이 내가 해결한 의뢰 동영상을 보게 된다.

그럼 링크는 전보다 더욱 빠르게 쌓일 것이 분명하다.

부수적으로 돈도 많이 들어올 게 아닌가.

─흠… 그래서 어떻게 하자고?

"홈페이지에 직원 모집 공고 글 좀 올려. 돈은 의뢰 해결하는 건으로 해서 한 건당… 이십만 원씩 지급한다고 하고."

─이십만 원? 너무 많이 주는 거 아니야? 내가 한 달 죽어라 일해서 팔십 버는데, 그럼 그 사람들은 의뢰 네 건만 해결해도 나랑 똑같이 버는 거잖아? 차라리 내가 의뢰 해결할래!

아이고 이 화상아.

"당연히 네 월급도 올려주지. 달에 백오십!"

그러자 전화기 너머로 상덕이의 침 넘기는 소리가 들려왔다.

꿀꺽!

─배, 백오십?

"그래."

—근데… 백오십도 의뢰 여덟 건 해결하면 충분히 버는 돈인데…….

"상덕아?"

—응?

"우리 현실적으로 생각하자. 지금 넌 너를 너무 믿고 있어. 네가 과연 그럴 능력이 될까? 한 달에 의뢰를 여덟 건이나 해결할 수 있을 것 같아? 응?"

—…….

상덕이의 말문이 막혔다.

이놈이 삐졌나?

—그래, 네 말이 맞는 것 같아.

삐진 게 아니라 냉정하게 자아 성찰을 했던 모양이군.

"그렇지? 너는 홈페이지랑 유튜브 채널 관리하고 동영상 찍어 올리는 게 딱 적성에 맞아. 너 그거 잘하잖아. 내가 볼 때 그 분야에서 너 따라올 사람이 없을걸?"

—역시 그렇지? 으흐흐흐.

이 단순한 놈.

예쁜 놈.

"그러니까 구인 공고 하나 올려. 아, 그리고 동영상 찍어줄 사람도 같이 구해야 한다. 너 혼자 그 많은 직원들 따라다니면서 다 촬영할 수는 없으니까. 동영상 찍어서 넘기는 건 건

당 오만 원씩 준다고 하고."

─알았어.

"오늘 중으로!"

─내가 언제 게으름 피우는 거 본 적 있어?

사실 상덕이 이놈은 일생이 게으름으로 도배된 녀석이다.

하지만 홈페이지 관리 하나만큼은 빠르게 처리한다.

"없지. 그래서 내가 널 믿는 거지."

─바로 처리할게.

"그래. 부탁해."

상덕이와의 통화를 끝낸 뒤, 지금까지 쌓인 링크를 확인해

보았다.

"마인드 탭."

이름 : 유지웅

소속 : 지구, 대한민국

성별 : 남

나이 : 20

영력 : 21/21

영매 : 19

아티팩트 소켓 : 4/4

보유 링크 : 19,876

"오… 상당히 많이 쌓였잖아."

이 정도면 라헬 녀석도 뭐라고 못하겠지.

난 기분 좋게 소울 스토어에 접속하려 했다.

그런데.

띠링!

띠링!

띠링!

세 번 정도 동영상을 본 사람들로 인해 링크가 적립되었다
는 소리가 들리더니.

띠링!

ㅡ축하드려요, 지웅 님~! 20,000링크를 적립해 레이븐 링을 업
그레이드할 수 있게 되었어요!

라는 축하 음성이 이어졌다.

이건 또 별안간 무슨 말이래?

여인의 음성이 계속 들려왔다.

─솔직히 20,000링크를 적립할 줄은 몰랐는데 말이죠~ 그 근성
에 박수를 보낼게요~

이것도 레이브란데가 마법 속에 감추어 놓은 법칙인 모양
이다.

영혼의 퀘스트를 완수할 경우 감추어져 있던 히든 소울을
살 수 있는 것처럼 말이다.

게임으로 따지자면 숨겨진 조건을 만족해서 히든 보너스
가 주어진 것이다.

─참고로 레이븐 링은 지금 업그레이드하지 않으면 나중엔 다시
못 하니 신중히 선택해 주세요.

여인의 말이 끝나자 내 앞에 새로운 창이 하나 떴다.
창에는 이렇게 적혀 있었다.

> 레이븐 링을 업그레이드하시겠습니까?
> 업그레이드 비용은 20,000링크입니다.
> [Yes/No]

이거는 업그레이드를 안 할 수가 없잖아?

괜히 그냥 넘겼다가 나중에 또 무슨 불이익을 당할지 모르는 일이다.

레이브란데의 인과율은 정말이지 의뭉스러운 구석이 많은 마법이다.

소울 스토어의 주인인 라헬이 성격 파탄자인 것부터 시작해서 히든 소울을 숨겨놓는 것도 그렇고 뜬금없이 터지는 영혼의 퀘스트도 하나하나가 악질의 내용들이다.

가장 중요한 건 내가 50개의 영혼을 모두 모아야 한다는 건데, 혹시 히든 소울을 얻는 또 하나의 조건이 레이븐 링을 업그레이드시켜야 한다! 라는 것일지도 모른다.

그래서 나는 이런 상황에 처하면 무조건 'Yes'를 누를 수밖에 없다.

난 내 의지는 저 먼 우주로 날려 보낸 채, 레이브란데의 농간에 이끌려 'Yes' 버튼을 터치했다.

그러자 창에 뜬 글자가 지워지고 새로운 글이 떠올랐다.

축하드립니다.
레이븐 링이 업그레이드되었습니다.
변경된 레이븐 링의 상태는 마인드 탭에서 확인해 보십시오.

이번에도 시키는 대로 해야지 뭐.

"마인드 탭."

난 마인드 탭을 열었다.

"솔직히 업그레이드했다고 해서 별로 기대는 안 된다만……."

레이븐 링의 능력은 내가 가지고 있는 영혼의 힘을 다른 사람에게 전달할 수 있는 것이다.

그런데 그 능력을 업그레이드한다고 뭐 크게 달라질 게 있을까?

'내 이만 링크.'

갑자기 후회가 물밀 듯이 밀려들었다.

레이븐 링을 업그레이드했지만 히든 소울을 얻을 수는 없었다.

'확 타임 리와인드 능력으로 돌아가서 'No'를 눌러 버려?'

그런 생각을 했지만 이미 3초는 훨씬 지나 버렸다.

난 아티팩트 소켓을 터치했다.

팅.

> **아티팩트 소켓 : 4/4**
> **착용 중인 아티팩트**

—레이븐 링

—비욘드 텅

—인피니트 포션

—무한의 가방

보유 중인 아티팩트.

—신레이븐 링: 레이브란데가 만든 반지. 반지를 착용한 자는 자신이 사들인 영혼의 능력을 타인에게 전이할 수 있으며 원하는 경우 다시 가져올 수 있다. 더불어 자신이 가지고 있는 영혼의 능력 중 하나를 침묵시킬 수 있다. 영구적 침묵은 아니므로 언제든 침묵의 해제가 가능하다.

—비욘드 텅: 레이브란데가 만든 목걸이. 링크로 사들인 영혼의 능력을 십수 배 이상 강화시킬 수 있다. 단, 강화 유지 시간은 30분이며, 하루에 한 가지 능력밖에 강화할 수 없다. 강화시킨 능력의 유지 시간이 끝나면 그날 하루는 그 능력 자체를 사용할 수 없게 된다.

—인피니트 포션 : 레이브란데가 절명의 미궁에서 발견한 고대의 아티팩트다. 인피니트 포션은 자체적으로 힐링 포션을 만들어낸다. 힐링 포션이 생성되는 기간은 한 달이다. 힐링 포션이 효력을 발휘하려면 반드시 병에 가

득 채운 다음 그것을 전부 마셔야 한다. 만약 힐링 포션이 병에 가득 채워지지 않았는데 마시거나, 가득 채워졌다 하더라도 전부 마시지 않는 경우, 아무런 효력을 발휘하지 않는다. 인피니트 포션의 효과 범위는 신체의 일부가 완전히 잘려나가지 않은 한 모든 상처를 치료할 수 있다. 단, 상처가 난 지 2시간이 지나지 않아야 한다.

—무한의 가방: 천으로 만든 크로스백 형태의 가방. 레이브란데가 신묘의 화원에서 발견한 아티팩트다. 가방의 입구보다 작은 물건은 무한정으로 집어넣을 수 있다.

어? 아티팩트의 이름이 레이븐 링에서 신레이븐 링으로 변했다.

그리고 아티팩트에 대한 설명도 바뀌어 있었다.

전에는 반지를 착용한 자가 영혼의 능력을 다른 사람에게 전이시킬 수 있다고만 적혀 있었다.

한데 지금은 다시 가져올 수도 있다고 한다.

게다가 내가 가진 능력 중 하나를 침묵시킬 수도 있단다.

"그러고 보니… 내가 사들인 영혼 중 두 개를 다른 사람에게 줬었지."

하나는 엄마에게.

다른 하나는 박인비를 괴롭히던 양아치에게.

"우와아… 생각해 보니까 이거 업그레이드 안 했으면 큰일 날 뻔했잖아?"

카시아스는 내가 모든 영혼을 다 모아야 한다고 했다.

전부 모을 수 있는 영혼의 수는 오십.

그런데 그중 두 개를 남에게 줬으니 아무리 발버둥을 쳐도 결국 난 마흔여덟 개의 영혼만을 가지게 된다.

만약 레이븐 링을 업그레이드 안 했다면 다른 사람에게 준 두 개의 영혼을 되찾지 못했을 테고, 레이브란데의 인과율은 실패로 끝을 맺어버린다.

"하아… 진짜 방심할 수가 없게 만든다니까."

아무튼 이제 신레이븐 링의 힘으로 엄마에게 주었던 능력을 다시 가져와야 한다.

엄마는 병이 완전히 나아서 건강해졌다.

더 이상 라모나의 자가 치유력이 없어도 괜찮다.

문제는 양아치에게 줬던 아르마의 능력이다.

'아르마의 능력은 남성을 유혹하는 것이었지.'

딱히 그 능력이 필요 없을 것 같아서 고통받으라고 줘버린 능력인데 그걸 다시 찾아야 할 상황이다.

한데 그놈을 어디서 찾는다?

놈과 나 사이의 연결 고리라고는 인비밖에 없다.

그렇다고 인비에게 녀석한테 연락을 해보라 하기는 뭐하다.

따로 내가 놈의 연락처를 받아내서 찾아가든가 해야겠다.

그런데 갑자기 드는 의문 하나.

"카시아스는 내가 다른 사람한테 능력을 줄 때 왜 말리지 않았던 거지?"

누구보다 영혼을 다 모으길 바라는 인간이 카시아스 아니었나?

[내가 강요할 부분이 아니었으니까.]

갑자기 머릿속에서 울려 퍼진 카시아스의 의지에 깜짝 놀라 펄쩍 뛰었다.

[뭐야? 카시아스?]

나도 의지를 보냈다.

[창문이다.]

창문을 바라보니 카시아스가 앞발로 창틀에 매달려서 나를 바라보고 있었다.

난 창문을 열었고, 카시아스는 방 안으로 들어왔다.

지금은 낮이고 엄마가 집에 있어서 카시아스와 말로 대화를 주고받을 수는 없었다.

[근래는 코빼기도 안 보이더니 이럴 때는 또 귀신같이 나타난다?]

[내가 타이밍 하나는 죽이니까.]

[아무튼 간에 말야… 왜 그런 거야?]

[말했잖아. 내가 강요할 부분이 아니었다고.]

[아니지. 네 입장에서는 오히려 더 참견했어야 하는 거 아니야?]

[내가 말렸으면? 넌 어머니한테 라모나의 능력을 전이하지 않았을 거냐?]

[그건……]

난 말끝을 흐렸다.

어머니가 죽어가는데 카시아스가 아무리 말렸다고 한들, 나는 분명 능력을 전이했을 것이다.

그래도 카시아스의 말을 완전히 용납하긴 힘들었다.

[그래. 엄마는 나한테 소중해. 그래서 영혼의 힘을 전이했어. 그런데 너는? 너 역시도 영혼을 모두 모으는 건 중요했을 거 아냐. 그것 때문에 차원 이동까지 해가며 나한테 레이브란데의 인과율을 시전한 거잖아.]

[그렇지.]

[나한테 엄마가 중요한 것처럼 네 목적도 너한테는 중요했을 텐데……]

카시아스는 잠시 창밖을 주시하다가 의지를 전했다.

[사실 나도 레이븐 링을 업그레이드할 수 있다는 건 몰랐다. 다만 전이했던 영혼을 다시 되찾아 올 수 있는 방법이 무언가 있을 거라고만 생각했지.]

[단순히 그런 짐작만으로 날 제지하지 않았다고?]

[아니. 만약 네가 영혼을 다 모으지 못한다면 그것은 그것

대로 내가 감내해야 될 운명이니까.]

[운명? 네가? 차원을 넘어서 온 카시아스가? 고작 운명론 같은 걸 들먹인단 말야, 지금?]

도무지 이해할 수 없었다.

내가 카시아스를 알고 지내온 이후, 이토록 연약해 보이는 말은 처음이다.

[네가 무슨 생각을 하는지 알고 있어. 하지만 운명을 받아들인다는 건 그만한 용기가 필요한 거야. 어떠한 결과가 나오더라도 수긍하고 감내할 그릇이 되지 않는다면 나 같은 말은 못 해.]

그러니까 안 되면 안 되는 대로 포기한다는 게 아니라 그것 또한 내 것이라 받아들이고 감싸 안을 거라는 말이지?

그래도… 완전히 받아들이긴 어려운 사상이다.

특히나 빵 셔틀의 인생을 살던 루저의 입장에서 스스로 운명을 개척해 나가고 있다고 생각하는 내겐 더더욱 그렇다.

카시아스는 창밖에 두었던 시선을 내게 돌렸다.

그녀의 눈은 깊고 맑았다.

[나는 내가 원하는 것을 얻기 위해 지구에 왔다. 그리고 너를 만나 레이브란데의 인과율로 계약을 맺었지. 딱 거기까지가 내 몫이었다. 나는 할 만큼 한 거야. 널 만나서 계약을 하기 전까지는 내 계획에 오로지 나의 의지만이 있었다. 그러나 이제는 너의 의지도 함께하게 되었어.]

[…그래 조금은 알겠어. 무슨 말인지.]

[그럼에도 넌 지금 잘하고 있잖아. 그럼 된 거라고 생각해.]

어……?

방금 카시아스가 웃었던 것 같은데.

너무 찰나의 순간이라 헛것을 본 건가 싶었다.

그건 카시아스에게 한 번도 볼 수 없었던 따뜻한 미소였다.

[카시아스 너 방금…….]

난 그녀에게 물어보려 했다.

하지만 카시아스는 한 줄기 바람처럼 사라졌다.

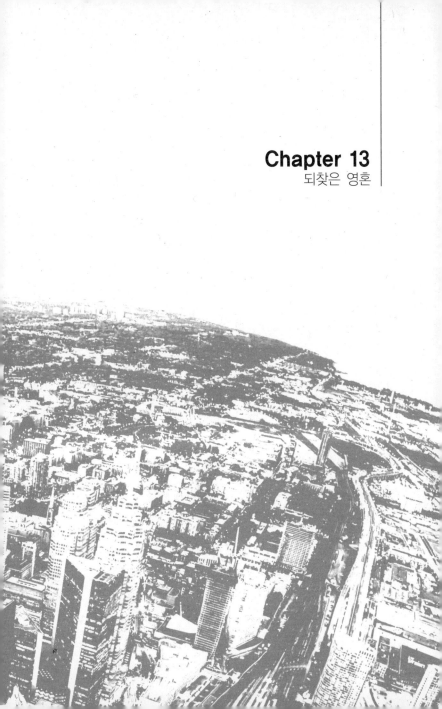

Chapter 13
되찾은 영혼

방학도 다 끝나가는 시점.

데일리 히어로 홈페이지의 방문자는 날로 늘어갔고 유튜브 채널의 구독자는 60만을 돌파했다.

지금까지 내가 해결한 이리는 총 37개.

상덕이의 편집 기술이 상당히 좋아서 모든 동영상이 보는 재미가 있었다.

재미라는 건 단순히 웃기는 것을 뜻하는 게 아니다.

감동적이든, 코믹하든, 무섭든, 아무튼 사람의 감정을 제대로 건드릴 수 있다면 그게 재미가 되는 것이다.

물론 누군가의 고민을 해결해 주는 것이니 우리의 영상은 대부분 감동 코드가 존재했다.

오늘은 상덕이와 함께 직원을 뽑기로 한 날이다.

상덕이가 홈페이지에 올린 공고문을 보고 제법 많은 이들이 메일을 보내왔다.

난 그 메일들을 모두 확인한 후 전화로 대화를 나누었다.

그중에서 직접 면접을 봐도 되겠다 싶은 사람 셋을 추려냈다.

그들과 함께 카페에서 만나기로 했다.

셋 다 집은 서울이었다.

한 명은 신림동, 한 명은 명동, 한 명은 강변에 거주하고 있었다.

난 그들에게 직접 춘천으로 올라오라 했다.

내가 서울로 갈 수도 있는 일이다.

사실 그게 더 효율적이다.

춘천으로 세 사람이 오는 것보다 나와 상덕이 둘이 서울로 가는 게 낫지 않겠는가.

하지만 일부러 그들을 춘천까지 불렀다.

앞으로 그들은 수많은 의뢰를 해결하기 위해 전국 방방곡곡으로 다녀야 한다.

그런데 고작 서울에서 춘천 오는 걸 귀찮아한다면 이미 자격 박탈이다.

아울러 시간 약속도 잘 맞춰야 한다.

우리 일은 백 퍼센트 서비스업이다.

고객을 기다리게 해서는 안 된다.

한마디로 그들과 춘천으로 부른 시점에서 이미 1차 테스트가 시작된 것이다.

다행히도 세 사람은 나와 상덕이가 기다리고 있는 카페에 늦지 않게 도착했다.

두 명은 남자, 한 명은 여자였다.

이름은 장혁우, 안준형, 김기혜.

나이는 차례대로 서른, 스물일곱, 스물넷이었다.

혁우 씨는 생긴 건 살짝 날티 나게 생겼다.

말투도 가볍고 장난스러웠다.

하지만 계속해서 대화를 나누어 보니, 그 속에 진중함이 보였고 상당히 적극적이었으며 리더십이 강하다는 걸 알 수 있었다.

무엇보다 말발이 좋았다.

그는 오늘 처음 본 모든 사람과 쉽게 융화되었고, 이 일을 꼭 하고 싶다며 열정적으로 덤벼들었다.

저 정도면 어떤 일을 맡겨도 잘하겠다 싶었다.

준형 씨는 덩치가 크고 살집이 제법 붙은 사람이었다.

말을 안 하고 있으면 조금 무서워 뵈는 인상이었다.

하지만 이 친구도 입을 열자 장혁우만큼이나 유머러스했고, 심성이 착하다는 게 바로 느껴졌다.

기혜 씨는 제법 예쁘게 생겼다.

그리고 해맑았다.

생긴 것처럼 말도 착하고 예쁘게 했다.

농담으로라도 욕은 사용하지 않았다. 조금이라도 남에게 실례될 것 같은 얘기 역시 자제했다.

두 눈은 늘 다른 사람들을 관찰했다.

그러다 누군가 대화에 조금 끼지 못한다 싶으면 일부러 그에게 말을 걸거나 그를 주제로 화제를 이끌어 나갔다.

'셋 다 괜찮은 사람이야.'

난 그들에게 만난 그 자리에서 합격 통보를 주었다.

세 사람은 매우 좋아하며 서로 얼싸안았다.

첫 직원부터 제대로 된 사람들을 뽑게 된 것 같아 기분이 상당히 좋았다.

합격 통보가 나간 이후 혁우 씨가 내게 물었다.

"아, 그런데 오들리 씨는 나이가 어떻게 되세요?"

난 지금 선행을 할 때 착용하던 마스크로 입을 가리고 선글라스를 착용한 상태라 아무도 내 얼굴을 제대로 볼 수 없었다.

그래서 나이를 가늠하기도 힘들었을 것이다.

'나이를 있는 사실대로 얘기해도 괜찮을까?'

나는 지금 이 순간부터 이들의 오너다.

그런데 오너가 자신들보다 훨씬 어린, 아직 고등학교도 졸

업 못 한 사람이라는 걸 알면 무시하게 되지는 않을지 걱정이 들었다.

하지만 결국 사실대로 말하기로 했다.

나이가 중요한 게 아니라, 어떤 위치에서 어떤 말과 행동을 하고 어떤 책임감을 갖고 있는지가 중요했기 때문이다.

"올해로 딱 스물. 두 달 있으면 졸업해요."

내 솔직한 고백에 세 사람은 조금 놀란 얼굴이 되었다.

그러나 곧 기혜 씨가 박수를 쳤다.

"와~ 멋있어요. 저, 오들리 님이 그렇게 어린 줄 몰랐어요. 그런데 어쩜 그렇게 리더십이 있으세요? 생각하는 것도 깊으시고."

"그러게. 대화만 나눴을 땐 나보다 한참 형인 줄 알았다니까요."

준형 씨가 맞장구 쳤다.

그러자 벙쪄 있던 혁우 씨가 크게 웃었다.

"하하하하! 끼끼 이리니까 오니글 하는구나 싶네요. 역시 높은 위치에 있는 사람은 그릇 자체가 다른 것 같아요. 앞으로 잘 부탁하겠습니다, 오들리 사장님. 일 깔끔하게 해결하면 보너스도 주시는 거죠? 아, 명절에는 나이 같은 거 필요 없이 돈 많은 사장님이 형입니다? 절하면 세뱃돈 주셔야 합니다?"

넉살 좋은 그가 아부하듯 두 손을 싹싹 비벼댔다.

그러자 다른 두 사람도 크게 웃었다.

나도 기분이 좋았다.

'내가 언제부터 이렇게 사람을 잘 다룰 수 있게 되었지?'

생각하던 난 그게 나라는 인간 자체의 능력이 아님을 깨닫게 되었다.

새로 얻은 직원들을 이렇게 잘 끌어갈 수 있었던 건 길버트의 능력인 '굉장한 리더십' 덕분이었다.

지금까지는 이 능력을 어떻게 써먹어야 하나 싶었다.

그런데 그런 걱정은 할 필요가 없었다.

사람들과 대면하는 자리에서는 나도 모르게 표정, 몸짓, 말투, 행동 하나하나가 평소의 나와는 미세하게 다르게 바뀌었다.

한데 그 미세한 차이들만으로도 사람들은 내게 편하게 다가오면서도 함부로 대하지는 못하는 모습을 보여주었다.

'앞으로 회사 이끌어 나가기는 편하겠네.'

자고로 회사의 우두머리는 카리스마가 있어야 한다.

그게 사람들을 확 휘어잡는 강함이든, 그들이 내게서 헤어나오지 못하게 만드는 부드러움이든 말이다.

아무튼 데일리 히어로에는 세 명의 직원이 생겼다.

앞으로 그들은 가벼운 의뢰들을 도맡아서 해결하게 될 것이다.

남은 건 그들 셋에게 붙여줄 카메라맨이었다.

카메라맨은 사실 할 일이 그렇게 많지 않다.

해서 군이 면접을 보고 뽑지 않아도 괜찮았다.

그 일은 상덕이에게 적당히 센스 있게 잘 찍는 사람을 뽑으라고 했다.

*　　　*　　　*

직원들과 헤어진 후, 나는 애막골로 향했다.

아버지의 가게를 들르기 위해서다.

이틀 전, 아버지는 드디어 닭발 옆차기 2호점을 오픈했다.

내 예상대로 2호점은 늘 만원사례였다.

항상 본점 앞에서 줄을 서고 기다리던 손님들이 2호점으로 몰려들어 회전율이 빨라졌다.

그만큼 대기 시간이 너무 길다는 손님들의 불만도 줄어들었다.

하지만 2호점이 생겼음에도 불구하고 웨이팅을 하게 되는 경우가 제법 있었다.

닭발 옆차기의 인기는 그만큼 대단했다.

아버지는 요즘엔 본점보다 2호점에 주로 계신다.

본점은 일하는 분들이 완전히 익숙해져서 아버지 없이도 잘 돌아가지만, 2호점은 아직 간섭해야 할 부분이 많기 때문이다.

2호점의 주방 아주머니는 본점 주방에서 일하는 상덕이 어머니가 만들어놓은 양념장을 받아다가 쓴다.

양념장은 닭발 옆차기만의 비밀이다.

그래서 양념장을 직접 만들어 갖다 주지, 제조 비법을 가르쳐 주진 않았다.

어찌 되었든 본점에서 만든 양념장을 쓰기 때문에 2호점의 닭발도 맛은 똑같았다.

내가 2호점에 들어서자 아버지가 기분 좋게 웃으며 날 맞이했다.

"장남 왔냐!"

"네, 아버지. 좀 도와드릴까요?"

가게 밖에 기다리는 손님은 없었지만 가게 안은 만석이었다.

종업원들은 전부 바빠 보였다.

하지만 아버지는 고개를 저었다.

"됐다, 이놈아! 이제 주말에는 너도 좀 쉬어라."

"그렇게 말씀해 주시면 고맙죠."

"이 자식이 이거, 순전히 빈말이었구만."

"하하, 들켰어요?"

내가 멋쩍게 웃으며 머리를 긁적였다.

아버지가 그런 내게 어깨동무를 턱 하더니 말했다.

"이러다가 3호점까지 내야 하는 거 아닌지 모르겠다."

"그렇게 되면 좋죠. 내버려요, 아버지."

"사실 어제 들은 얘긴데 이 건물 2층 사람들이 나간대. 거기에다가 3호점을 내면 어떨까 싶은데."

"얼마든지요. 그런데 3호점은 좀 다르게 가면 어때요?"

"응? 다르게 가다니?"

"닭발이 아니라 새로운 아이템으로 도전하는 거죠."

아버지가 미간을 구겼다.

새로운 아이템이라는 것에 거부감이 생기는 모양이다.

"녀석아, 지금 닭발이 이렇게 잘되는데 굳이 모험을 할 필요가 뭐가 있냐?"

"아버지 생각해 보세요. 두 건물에 닭발 집만 세 개예요. 그게 과연 괜찮을까요?"

"지금도 기다리는 사람들이 있는 마당에 뭐가 문제냐."

"기다리는 사람이 있긴 하죠. 그런데 본점만 있을 때만큼은 아니에요. 기다리는 사람들 기다리지 않게 하려고 3호점 내면 분명 거기는 늘 빈자리가 더 많을걸요?"

"흐음."

아버지가 턱을 어루만지며 곰곰이 생각하더니 고개를 끄덕였다.

"듣고 보니 네 말도 맞는 것 같구나."

"닭발은 붙어 있는 두 건물이면 충분해요. 위에는 다른 아이템으로 도전해요, 아버지."

"무슨 아이템? 생각해 놓은 거라도 있냐?"

"뭐… 가장 만만하게 돼지고기나 소고기, 아니면 닭고기 같은 걸로 덤빌 수 있겠지만 전 조금 특이하게 양고기로 도전했으면 좋겠어요."

"양고기?"

"네. 드셔본 적 있으세요?"

그 물음에 아버지가 주먹으로 내 정수리를 딱! 때렸다.

"윽! 왜 그러세요?"

"이 녀석이 까마귀 고기를 잡쉈나. 너 어렸을 때 한번 데리고 갔었잖아."

"…네?"

"그때 네가 냄새 이상하다고 웩웩거리는 바람에 그 맛있는 걸 다 먹지도 못하고 나왔다."

내가… 어렸을 때 그랬었다고?

전혀 기억이 없다.

아니, 그 맛있는 걸 왜 못 먹었을까?

"하여튼 양고기는 조금 위험할 것 같구나. 나는 맛있게 먹는다만 특유의 향 때문에 호불호가 많이 갈려."

"그렇긴 한데 향만 잘 잡으면 충분히 대박 날 수 있다고 생각해요."

"아들아. 차라리 돼지고기집이 어떻겠니? 아니면 닭갈비집이나."

"아버지. 춘천에 차고 넘치는 게 닭갈비집이에요. 남들 따라서 똑같이 닭갈비집 한다고 얼마나 메리트가 있겠어요? 닭갈비로 대박 나려면 정말 어마어마한 양념을 개발하지 않고서는 안 돼요. 그리고 돼지고기는 전국적으로 넘치잖아요."

"그런가."

아버지는 입맛을 쩝 다셨다.

"아무튼 제가 어렸을 때는 양 꼬치를 싫어했을지 몰라도 지금은 좋아해요. 닭발 옆차기처럼 상덕이 어머니랑 연구해서 그럴듯한 양 꼬치를 만들어낼 테니 믿고 한번 가보시죠."

아버지는 날 지그시 바라보다가 입꼬리를 씩 말아 올렸다.

"그래, 뭐 까짓거! 우리 장남이 해보자고 해서 안 되는 게 뭐 있었나? 하자, 해!"

"그렇게 나오셔야죠. 조만간 상덕이 어머니 찾아뵙고 제대로 말씀드릴게요."

"너무 서두르지 않아도 된다. 천천히 해."

"네, 아버지."

좋아, 이번엔 양 꼬치다.

*　　　　*　　　　*

난 아버지의 가게에서 나와 애막골 공용 주차장으로 향했다.

거기서 만날 사람이 있기 때문이다.

내가 애막골을 찾은 또 하나의 이유다.

만나기로 한 시간은 7시.

지금 시간 6시 57분.

약속시간 3분 전인데 만나자고 한 이는 이미 거기에 나와 있었다.

"어이, 오래간만이야."

내가 인사를 건네자 녀석은 어깨를 흠칫거렸다.

그는 내가 사람들의 의뢰를 해결해 줄 때처럼 마스크와 선글라스를 착용하고서 모자를 푹 눌러쓴 모습이었다.

뭔가에 쫓기는 것처럼 연신 주변을 둘러보며 불안한 기색을 보였다.

내게 다가온 그가 간절한 음성으로 물었다.

"정말… 정말 내 문제 해결해 주실 수 있어요?"

말투까지 공손하다.

"그럼, 해결해 줄 수 있지."

그러자 녀석이 무릎을 팍 꿇었다.

"부탁드립니다! 제발 절 좀 구원해 주세요!"

구원이라는 단어까지 언급하며 애절하게 말하는 이 녀석은 박인비를 괴롭혔던 양아치 전 남자 친구다.

내가 이 녀석을 만난 이유는 전이시켰던 영혼의 힘을 되찾기 위해서다.

나는 이틀 전, 인비에게 이 녀석의 이름과 연락처를 알아냈다.

이름은 김종래.

나이는 스물둘이라 그랬었다.

김종래는 처음엔 내 연락을 받지 않았다.

그래서 문자를 보냈다.

네가 어떠한 문제에 처해 있고 어떻게 해결해 줄 수 있는지 안다고.

그러자 종래는 처음엔 답문에 욕만 찍어서 보냈다.

그에 다시 답 문자를 보냈다.

평생 남자들한테 시달리고 싶으면 그따위로 행동하라고.

그러자마자 김종래의 태도가 몰라보게 공손해졌다.

그는 나를 선생님이라고 부르며 제발 자신을 구해달라고 애원했다.

나는 김종래에게 직접 만나서 얘기를 하자고 한 뒤, 만날 장소와 시간을 알려주었다.

그리고 지금 만난 것이다.

한데 김종래는 내 얼굴을 기억 못 하는 모양이었다.

아니, 그럴 겨를이 없는 것일지도 모르지.

난 무릎 꿇고 있는 김종래를 일으켜 세웠다.

"이러지 말자, 종래야. 남자가 무릎을 함부로 꿇어서 쓰나."

어라? 내가 왜 이러지?

사실 난 이 녀석을 실컷 깔아뭉갠 다음 능력을 되찾아 갈 생각이었다.

그런데 나도 모르게 다정다감한 말투를 쓰고 있었다.

게다가 김종래를 일으키는 내 손길이 마치 여인을 다루듯 조심스럽고 부드럽다.

김종래는 내 손에 이끌려 일어섰다.

난 그가 쓰고 있던 선글라스를 벗겼다.

그러자 여태껏 감추어져 있던 사슴처럼 아름다운 눈이 드러났… 미쳤어! 나 왜 이래! 정신 차려!

'이것이 남자를 유혹하는 아르마의 능력인 건가?

무섭다.

진정 무섭다.

이 능력은 김종래를 괴롭히기 위해서 전이시켰던 것이다.

그런데 김종래뿐만 아니라 녀석의 주변에 있던 남자들까지 함께 괴로웠을 게 분명했다.

나도 지금 자괴감이 들 지경이다.

그러니 김종래에게 끌렸던 다른 남자들은 어떻겠는가?

자신의 새로운 성 정체성에 눈을 뜬 건지 의심하며 괴로워했을 것이다.

아무튼 이 망할 능력을 얼른 가져가야지 안 되겠다.

"김종래."

"네……?"

"그렇게 놀랄 필요 없어, 종래야."

아니야, 아니야, 아니야!

내가 하려던 말은 '뭘 그렇게 놀래, 이 자식아! 죄 지은 게 많아서 그러냐?' 였단 말이다!

그런데 '그렇게 놀랄 필요 없어, 종래야' 라니!

…참 다행이지.

하려던 말 그대로 했으면 이 안쓰러운 아이가 얼마나 상처를 받았을… 으아아아아악! 정신 차리라고, 유지웅!

"저, 저기… 빨리 저 좀 도와주세요, 선생님."

"응, 그럼 도와줘야지. 손 좀 줘볼래?"

진짜 믿기지 않는다.

내가 종래 씨한테 이토록 나긋나긋한 말투를 사용하고 있다니, 정말 좋은 걸?

…또 생각이 이상한 쪽으로 꼬여 버렸어.

빨리 능력을 가져가자.

그게 내가 살 길이다.

종래가 손을 내밀었다.

난 그 손을 살며시 잡았다.

주먹을 많이 쓰고 살았을 텐데도 섬섬옥수 어찌나 고운지 이대로 잡고서 영원히 놓아주기 싫었다.

'…시팔, 진짜 무서운 능력이다, 아르마.'

"저, 저기 선생님. 왜 이렇게 쪼물딱대세요."

종래의 음성에 겁이 가득 담겨 있었다.

여태껏 숱한 남성에게 비슷한 짓을 당했던 모양이다.

가엾기도 하지.

종래야.

내가 빨리 널 고통 속에서 해방시켜 줄게.

그럼 너는 날 영원히 기억해 주겠지?

단지 스쳐 가는 인연이 될지라도 말이야.

그렇게나마 네 기억 한 조각 안에 자리할 수 있다면 됐어.

그걸로 나는 좋아.

나는 종래의 손을 잡은 채로 그에게 주었던 아르마의 힘을 되찾고 싶다 생각했다.

그러자 종래의 가슴에서 환한 빛이 일더니 팔을 타고 움직여 손으로 내려왔다.

그 빛은 영혼의 빛으로 내 눈에만 보이고 종래의 눈에는 보이지 않을 것이다.

빛은 맞잡고 있던 내 손으로 건너와 다시 내 팔을 타고 심장에 안착해 사라졌다.

'되찾았어.'

아르마의 능력을 되찾자마자 조금 전의 상황이 떠올라 몸을 바르르 떨었다.

'끔찍해!'

내가 대체 저 빌어먹을 양아치를 두고 무슨 생각을 했던 거야?

뭐? 날 영원히 기억해? 스쳐 가는 인연이 될지라도 기억 한 조각 안에 자리할 수 있다면 됐어?

'우엑!'

당장에라도 먹은 걸 다 게워내고 싶어질 만큼 역겨웠다.

문제는 당시에는 저게 내 진심이었다는 것이다.

김종래는 지금까지 주변에 있던 얼마나 많은 남자를 게이로 만들었을까?

'어유, 이제 빨리 가야지. 이 새끼랑 같은 공간에서 숨 쉬기도 싫다.'

그렇게 생각하고 자리를 뜨려는데.

꽈악.

"엥?"

김종래가 내 손을 꽉 잡고 놓질 않았다.

"뭐야?"

나 인상을 쓰고 김종래를 노려봤다.

그러자 김종래가 손을 뻗어 내 얼굴을 어루만졌다.

이 새끼 왜 이래!

"기억났어, 당신."

"기, 기억났다고?"

"그래. 어떻게 잊겠어. 정신없이 양아치 짓만 하며 방황하던 날 똑바로 살게 하려고 혼내주었던 사람인데."

…똑바로 살라고 혼냈던 게 아니라 재수 없어서 그냥 깐 거야, 병신아.

네 멋대로 아름다운 추억 같은 걸로 포장하지 마.

"그랬구나. 내 주변에 있던 형님들, 남동생들이 나를 볼 때 이런 기분이었구나. 이제 그들의 마음을 조금 알겠어. 난… 얼마나 많은 사람을 내쳤는지… 얼마나 많은 사람들의 마음을 아프게 한 건지. 하지만 이제 알겠어. 내가 왜 그랬던 건지."

김종래의 눈에 눈물이 맺혔다.

"모두 당신을 만나기 위해서였던 거야."

"…뭐?"

"내 마음 전부를 당신에게 주기 위해서 난 다른 사람의 마음을 받아들이지 못했던 거라고."

"한마디만 더 하면 죽여 버린다."

"그래. 나도 날 사랑했던 남자들에게 똑같은 말을 했었지. 하지만 그때마다 그들은 내게 이렇게 말했지. 네 손에 죽는다면 그것도 좋아. 나 역시 지금 네게 그런 마음이야. 얼마든지 죽여줘. 단, 마지막 숨은 네 품에서 쉴 수 있게 해줘."

그냥 때릴까?

때려서 기절시킬까?

재수 없고 역겨워서 미칠 지경이다.

'아, 침묵!

내 인내심이 바닥을 치려는 순간 신레이븐 링의 새로운 능력이 떠올랐다.

나는 얼른 아르마의 능력을 침묵시켰다.

그러자 내 얼굴을 쓰다듬고 있던 김종래가 식은땀을 뻘뻘 흘리며 비명을 질렀다.

"으아아아아악! 에이, 씨팔! 우웩! 우웨에에엑! 뭐라는 거야, 이 병신 같은 새끼가!"

그는 소리치면서 자기 뺨을 무려 여덟 대나 때렸다.

그러더니 소름 끼친다는 듯 양 어깨를 감싸 안고서 날 노려봤다.

"어떻게 한 건데요……."

"어떻게 하긴 뭘 어떻게 해. 불쌍한 인생 구제해 준 거지. 이제 괜찮을 거다. 앞으로 착하게 살아라. 알지? 인비 앞에는 두 번 다시 나타나지 말아야 한다는 거."

김종래는 경계하는 얼굴로 고개를 끄덕인 다음 부리나케 도망쳤다.

"아… 머리에 털 나고 가장 더러운 경험이었어."

빨리 집에 가자. 여기 더 있기도 싫다.

*　　　*　　　*

집으로 돌아온 나는 엄마에게 주었던 라모나의 능력을 되찾아왔다.

"그럼… 지금까지 몇 개의 영혼을 가지고 있는 거지? 마인
드 탭."

이름 : 유지웅

소속 : 지구, 대한민국

성별 : 남

나이 : 20

영력 : 21/21

영매 : 21

아티팩트 소켓 4/4

보유 링크 : 15,531

앞으로 남은 영혼의 수는 스물아홉.

아직 반 이상이 남아 있지만 링크가 빠르게 쌓이는 만큼 금
방 사들일 수 있을 것이다.

만오천 링크 정도면 지금 당장 영력을 몇 단계 업그레이드
시키고 영혼도 서너 개는 살 수 있을 것이다.

하지만 난 그러지 않았다.

링크를 더 많이 모아볼 생각이다.

레이븐 링처럼 업그레이드시킬 수 있는 아티팩트가 또 있

을지도 모르기 때문이다..

　'딱 십만 링크까지만 모아보자.'

　그 이후에는 더 모아봤자 아이템 업그레이드 이벤트는 일어나지 않는 걸로 판단할 것이다.

　어찌 되었든 오늘은 직원도 새로 구했고, 영혼도 되찾았다.

　여러모로 알찬 하루였다.

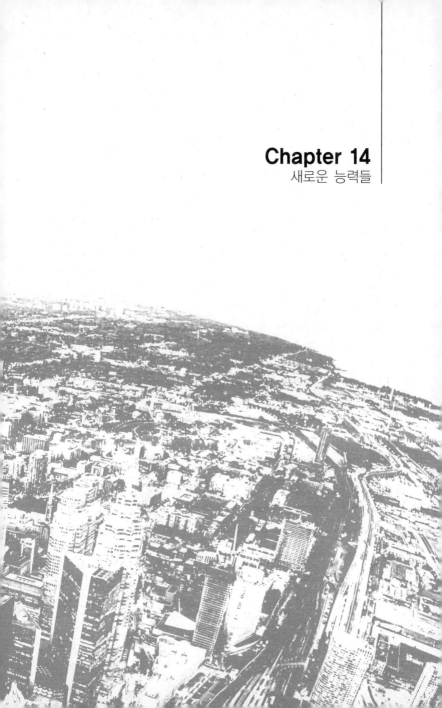

Chapter 14
새로운 능력들

개학을 사흘 앞둔 시점에 문득 그런 생각이 들었다.

'가만… 자폐증은 뇌의 불균형한 발달로 인해 찾아오는 거라던데… 그럼 그거는 라모나의 힘으로 치료할 수 없는 건가?'

난 인터넷에 접속해 자폐증에 대해 찾아보았다.

그러자 자폐증에 관한 여러 가지 관련 기사와 블로그 포스팅이 제법 많이 떴다.

그 글들을 빠르게 읽었다.

많은 이들이 자폐증의 치료법에 대해 이야기하고 있었다.

많이 언급되는 치료법으로는 약물 치료와 심리 치료가 있었다.

심리 치료는 또 그 안에서 여러 가지 다양한 방법으로 세분화되어 나뉘었다.

그래서 그걸 일일이 다 정리하기엔 무리가 많았다.

하지만 중요한 건, 그 모든 치료법들이 자폐증을 완전히 치료할 수는 없다는 사실이었다.

'현대 의학으로는 자폐증을 치료할 수 없다. 하지만 현대 의학과 궤를 달리하는 초자연적 힘으로는 어떨까?

내게는 비욘드 텅도 있다.

라모나의 힘과 영혼의 힘을 증폭시켜 주는 비욘드 텅의 조합으로 엄마의 백혈병도 치료했다.

말 그대로 기적이 일어난 것이다.

이번에도 기적이 일어나게 만들 수는 없을까?

'가능할지도 모르지.'

무엇이든 해보기 전에는 모르는 법이다.

나는 한 가닥 희망을 가지고서 백설우를 만나보기로 했다.

'한데 어떻게 만나지?

백설우는 로열 그룹의 후계자로 물망에 오르내리고 있다.

게다가 자폐증까지 앓고 있어서 늘 경호원들이 따라붙는다.

그런 백설우를 따로 만난다는 건 거의 불가능한 일이다.

'그것도 나 같은 일반인을 만나게 해줄 리가 없지.'

그럼 어떻게 해야 할까.

내가 백설우를 치료하려면 매일 만나야 한다.

비욘드 텅의 능력은 하루에 한 번밖에 사용할 수 없기 때문이다.

만나는 것부터 난관이었다.

"흠… 어쩌지."

좋은 방법이 없을까 고민해 보았다.

사실 법을 무시한다면 가장 괜찮은 방법이 하나 있긴 하다.

백설우를 납치하는 것이다.

그래서 치료가 될 때까지 곁에 두고 돌보면 된다.

하지만 요즘 시대에 그런 짓 했다간 대번에 잡히고 말 것이다.

거리거리마다 CCTV가 설치되어 있어서 흔적을 남기지 않고 백설우를 납치하기란 어려운 일이다.

"혹시 소울 스토어에 도움 될 만한 힘을 가진 영혼이 있지 않을까?"

그럴지도 모른다.

여태껏 뭔가 난관에 부딪혔을 때 소울 스토어의 도움을 많이 받았다.

"지금껏 모은 링크가 좀 아깝긴 하지만."

내 목표는 10만 링크를 모으는 것이었다.

다른 아티팩트들을 업그레이드시키는 이벤트가 발생할지도 모르기 때문이다.

"하지만 뭐… 어쩔 수 없지."

일단은 영력부터 업그레이드해야 한다.

현재 내 영력은 21.

마지막으로 산 영혼의 힘을 사용하는 데 필요한 영력은 20이다.

더 비싼 영혼들을 살려면 영력이 적어도 25이상은 되어야 할 것이다.

마인드 탭을 열어 영력을 터치했다.

영력 : 21

영력을 22로 업그레이드하시겠습니까?

업그레이드 비용은 1,300링크입니다.

[Yes/No]

'Yes' 를 터치.

이후로 영력이 25가 될 때까지 계속 업그레이드를 했다.

영력 : 25

영력을 26으로 업그레이드하시겠습니까?

업그레이드 비용은 3,300링크입니다.

[Yes/No]

영력을 하나하나 업그레이드시킬 때마다 링크 가격이 엄청나게 오른다.

25까지 올리면서 소모된 링크는 총 7,900링크.

내 수중에 남은 건 12,000링크 정도였다.

"소울 커넥트."

난 바로 소울 스토어에 접속 했다.

*   *   *

"어서 오세요, 지웅 님. 언제 지웅 님이 오시나 오매불망 기다렸답니다. 오늘따라 더 잘생기신 것 같네요."

이 망할 수전노 간신배 자식.

링크를 많이 들고 오니까 바로 태도 달라지는 거 봐라.

"언제는 거지라며."

"하여간 이놈의 입이 말썽이죠."

라헬이 과장된 행동으로 자기 입을 때렸다.

찰싹!

"영혼이나 보여줘."

"아무렴요."

라헬이 손을 싹싹 비비더니 손가락을 튕겼다.

딱!

라헬의 옆으로 새로운 영혼 네 개가 나타났다.

"현재 지웅 님의 소지금과 영력으로 구매할 수 있는 영혼들만 불렀습니다~"

영력은 낮은데 링크를 많이 가져왔으면 내 영력보다 높은 영력을 필요로 하는 영혼들도 불러냈을 것이다.

그래놓고 내가 내 영력보다 높은 영력의 영혼을 사려 하면 아무 말도 안 했겠지.

나중에서야 '아, 그러고 보니 지웅 님의 영력보다 높은 영혼의 영력을 사셨네요. 이를 어쩌죠? 그렇게 되면 영혼을 사나 마난데. 안타깝게 됐네요~' 했겠지.

라헬은 해맑은 얼굴로 가장 왼쪽의 영혼을 가리켰다.

"샹체에 대해서는 알고 계시죠?"

"응."

"그럼 나머지 세 영혼의 힘을 알려 드리죠. 전부 3,000링크로 살 수 있고, 영력은 25가 필요합니다."

역시 25까지 올리길 잘했다.

"샹체 옆에 있는 영혼의 이름은 벨로아. 영혼의 힘은 완벽한 민첩성입니다."

"완벽한 민첩성?"

"벨로아는 음속의 속도로 움직일 수 있는 여성이었죠. 그는 자신의 재능을 살려 데브게니안 대륙 최고의 도둑이 되었답니다. 그녀가 목표로 한 물건은 무조건 손에 넣었죠. 그리고 단 한 번도 경비대에게 잡힌 적이 없답니다. 왜? 음속으로 움직이니까요. 그녀가 물건을 훔치는 걸 본 사람이 존재치 않았죠. 남부러울 것 없이 살던 그녀였지만 끝내는 자살로 생을 마감했어요."

"왜 자살을 해? 남부러울 것 없이 살았다며?"

"음속의 속도를 가지고서도 훔칠 수 없는 게 있었거든요. 바로 사람의 마음이죠. 그녀는 짝사랑하던 사내에게 3년 동안 고백했지만 끝내 그의 마음을 얻지 못했답니다. 사내는 다른 여인과 결혼했고, 벨로아는 사내의 결혼식장에 나타나 스스로 목을 찔러 죽어버렸죠."

그것 참 슬픈 일이네.

돈이 아무리 많아도 사랑하는 이의 마음을 얻지 못한 삶은 가혹한 것이구나.

라헬이 그 옆의 영혼을 가리켰다.

"이 영혼의 이름은 크라임. 힘은 섀도우 워커. 말 그대로 그림자를 걷는다는 뜻이죠."

"그림자를 걸어?"

"네. 크라임은 그림자 속에 숨을 수 있었어요. 더 정확하게 표현하자면 그림자와 동화되는 것이죠. 그리고 그림자가 있는 곳이라면 어디든 자유롭게 이동할 수 있었답니다."

"그러니까 그림자에 완벽히 동화되어 이동할 수 있다는 거야? 그림자가 이어진 곳이라면 어디든?"

라헬이 크게 고개를 끄덕였다.

"그렇죠."

그거 아주 유용한 능력이다.

섀도우 워커를 잘 이용하면 백설우와 접촉하는 게 아주 수월해질 것이다.

"크라임은 암살자였죠. 하지만 암살에 천부적인 재능이 있는 것도, 그다지 실력이 좋은 것도 아니었답니다. 다만 그는 꾸준히 연습을 할 뿐이었죠. 그 결과 10년이 지난 뒤엔 제법 이름을 날릴 수 있었지요. 그런데 어느 날 갑자기 섀도우 워커의 능력을 각성하면서 딱 1년 내에 전설적인 암살자가 되었답니다."

"그렇겠지. 그림자에 동화되는 능력은 암살자에게 딱이잖아."

"그렇죠. 하지만 그도 자살로 생을 마감하게 됐어요."

"왜?"

"너무 많은 사람을 죽이다 보니 잠들 때마다 그들의 망령이 보여서 반쯤 미쳐 버렸거든요."

어째 하나같이 자살해서 죽어버리냐.

라헬이 마지막 영혼을 가리켰다.

"이 영혼의 이름은 루. 능력은 투명화랍니다."

"투명화?"

"만지는 물건을 투명화시킬 수 있죠. 물론 자기 자신도 가능하답니다."

"오호?"

이것 역시 아주 유용한 능력이었다.

"루는 매우 아름다운 여인이었지요. 외모만큼 마음도 아름다웠던 그녀는 세상의 삿된 욕망 같은 것엔 조금도 관심이 없었답니다. 그저 그녀가 태어난 소박한 시골 마을의 작은 집을 벗 삼아 살아가는 것이 그녀의 낙이었죠. 루는 투명화 능력을 자주 사용하지 않았어요. 그럼 언제 사용했을까요?"

왜 갑자기 나한테 퀴즈를 내는 거냐?

좋아, 장단 한번 맞춰주마.

"심성이 곱고, 삿된 욕망이 없다 했으니 주변에 자신의 힘을 필요로 하는 사람이 있을 때 사용했겠지."

"바로 그거랍니다. 뭐 예를 하나 들자면 가정 폭력으로 도망쳐 온 아이를 감추어준다든가 할 때 투명화 능력을 사용했죠."

흠, 그런 용도로도 사용할 수 있겠네, 확실히.

"하지만 낭중지추! 그녀가 곤경에 처한 사람들을 도와줌으로써 그녀의 능력은 입소문을 타고 퍼져 나가 결국 먼 대도시의 귀족들의 귀에도 들어가게 되었죠. 이후부터 수많은 귀족이 찾아와 그녀를 자신의 가문으로 데려가려 했답니다. 하지만 루는 한사코 거절했다죠. 귀족들은 모두 루에게 어마어마한 부와 명예를 약속했지만, 말씀드렸다시피 루는 그런 것에 전혀 관심이 없었으니까요."

이번 영혼의 열전은 꽤나 길어지네?

"그러던 어느 날, 어느 공작가의 장남이 루를 찾아왔답니다. 루는 이번에도 자신을 귀찮게 하려는 것인가 싶어 마음이 힘들었죠. 그런데 그녀의 예상과 달리 그 공작가의 장남은 루가 살고 있는 마을에 귀족 접근 금지령을 내렸지요."

"뭐? 공작이 그 정도의 힘이 있나?"

난 데브게니안 대륙의 여러 사람으로 살아봤기에, 그쪽의 귀족 체계과 직급마다 가지고 있는 권위, 힘, 영향력에 대해서 잘 알고 있다.

공작이라고 하면 왕족의 혈육인 경우가 많고, 왕가를 제외한 귀족 중에서 가장 높은 작위다.

게다가 독립적으로 공작령도 가질 수 있어 분명 대단한 힘을 가진 귀족이라 할 수 있다.

그렇다고는 해도 공작가의 장남이 다른 귀족들에게 루가 사는 마을에 발을 들여놓지 말라 명할 수는 없었다.

내 의문에 라헬이 고개를 끄덕였다.

"그 공작가의 장남은 그만한 힘이 있었답니다. 당대 최고, 역사적으로도 최고로 꼽히는 소드 마스터 제서스 로드리만이 그였으니까요."

"제서스 로드리만?"

"네. 로드리만 공작가의 마지막 핏줄이며, 신검(神劍) 제서스라고 불리었죠. 그의 검술은 가히 신의 경지에 다다라 있었으니까요. 하지만 훗날에는 광검(狂劍) 제서스라고 불리게 되었죠."

알겠다.

신검 제서스에 대한 정보는 길버트와 바레지나트의 기억 속에 있었다.

모두가 존경하며 우러러보았던 제서스는 훗날 갑자기 미쳐 버려 가문의 모든 사람을 도륙했다. 그리고 1년여간 전 대륙을 돌아다니며 닥치는 대로 살인을 저지른 뒤, 대륙 공적으로 낙인찍혔을 때 돌연 잠적해 버렸다.

그로부터 3년 후.

제서스는 어느 야산에서 목 잘린 시체로 발견되었다.

왜 그가 미쳐 버렸는지에 대해서는 아무도 알지 못했다.

아무튼 그가 루를 찾아갔었던 거군.

"이해했어. 제서스 정도면 충분히 다른 귀족들을 억누를 힘이 있었지."

"맞아요. 아무튼 제서스는 루에게 당신이 너무 힘들어할 것 같아 짐을 덜어주기 위해 왔다고 했지요. 루는 그런 제서스에게 감동을 받았답니다. 제서스는 한동안 루의 마을에 묵었어요. 아무리 귀족 접근 금지령을 내렸다 하더라도 자신이 사라지면 귀족들은 슬금슬금 다시 발을 들여놓을 것이라는 이유 때문이었지요. 한데 제서스가 그 마을에 묵으면서 루는 그 잘생기고, 남자답고, 상냥한 사내에게 푹 빠져 버린 거예요."

"그래서?"

"결국 제서스가 마을을 떠나는 날 루는 그를 따라가기로 마음먹는답니다. 제서스는 흔쾌히 이를 받아들였고 루를 자신의 가문으로 데리고 갔죠. 하지만 제서스에게는 약혼자가 있었답니다. 그걸 몰랐던 루는 하루하루를 마음 아파하며 보내야 했어요. 그러던 어느 날 제서스의 약혼자가 루를 찾아와 말했죠. 떠나달라고. 이용만 당하는 당신이 불쌍해서 더 두고 볼 수가 없다고."

"이용을 당해?"

그 말을 듣는 순간 저절로 떠오르는 비극적 스토리가 있었으나 아니길 빌며 물었다.

"사실 제서스도 루를 이용할 목적으로 친절을 베푼 뒤, 자신에게 반하게 만들어 데리고 온 것이었죠. 제서스의 약혼자는 같은 여자로서 루가 안타까워 이를 말해준 거였답니다. 결국 루는 마음이 조각나 그날 밤 투명화의 능력을 사용, 스스로를 투명화시켜 성을 떠나 버리죠."

역시나 그렇게 진행되는군.

"그러다 어느 더러운 귀족에게 잡혀 몸과 마음이 모두 더럽혀진 다음 비참한 죽음을 맞이하게 된답니다."

"하나같이 우울한 인생을 사는군, 이 영혼들은."

"그래서 레이브란데 님과 계약을 맺은 거죠. 세상에 한이 남은 영혼들은 너무 탁해서 그것을 씻어내기 전까진 저승으로 못 가니까요. 때문에 레이브란데 님과 계약을 맺어 자신들의 힘을 남을 돕는 데 사용할 경우 맑은 에너지가 발생하고 그것이 탁한 영혼을 세척해서 저승으로 가게 되는 것이죠."

"그래 그 이야긴 알아. 그리고 그들을 성불시켜 준 대가로 자신들의 힘을 내게 선물처럼 남겨주는 거고."

카시아스에게 이미 한 번 들은 이야기다.

아무튼 내가 사들이는 영혼들 중 괜찮은 죽음을 맞은 이는 아무도 없다.

앞으로도 영혼들의 열전을 들을 때마다 유쾌하지 않을 것은 각오해야 한다는 것이다.

"자~ 이제 영혼을 사셔야죠?"

지금 내게 있는 링크가 12,000남짓.

1,500링크의 잘루스와 3,000링크의 영혼 셋을 다 사도 충분하다.

"영혼들 모두 다 줘."

"탁월한 선택이십니다."

늘 느끼는 거지만 라헬이 아무런 딴지도 걸지 않고 영혼을 팔아넘기면 어쩐지 기분이 찝찝하단 말야.

나 잘되는 꼴을 워낙에 싫어하는 놈이라야 말이지.

라헬이 오른손을 우아하게 휘두르자 네 개의 영혼이 내게로 날아왔다.

그것들은 곧 몸 안으로 스며들어 사라졌다.

라헬은 싱긋 웃으며 말했다.

"이제 이천 링크도 안 남았네요?"

"그래서?"

"거지랑은 볼일 없으니 얼른 사라져 주시길."

하아… 이젠 면역이 되려 한다.

저 인간의 저런 행동.

라헬은 인사도 없이 뒤돌아섰고, 소울 스토어와의 접속이 끝났다.

*　　　*　　　*

현실로 돌아온 난, 마인드 탭을 열었다.

"마인드 탭!"

이름 : 유지웅

소속 : 지구, 대한민국

성별 : 남

나이 : 20

영력 : 25/25

저 아름다운 영매의 숫자를 보라.

이제 딱 반 왔다.

나머지 25개의 영혼만 더 모으게 되면 레이브란데의 인과
율은 끝난다.

난 영매를 터치했다.

팅.

영매

패시브 소울 : 14

—강인한 육신[소라스]

—뛰어난 청력[파펠]

—뛰어난 자가 치유력[라모나]

—남성을 유혹[아르마](침묵)

—완벽한 절대미각[리조네]

—뛰어난 요리실력[마르펭]

—뛰어난 민첩성, 근력[바레지나트]

—아이언 스킨[지그문트]

―굉장한 창술[블랑]

―굉장한 궁술[쟈비아]

―굉장한 리더십[길버트]

―포이즌[루카스]

―애니멀 링크[카인]

―완벽한 민첩성[벨로아]

액티브 소울 : 11

―낭아권[무타진/소모 영력 1/재충전 5초]

―화 속성 초급 마법 번(Burn)[마르카스/소모 영력 5초당 1]

―수 속성 초급 마법 아쿠아(Aqua)[레뷔른/소모 영력 5초당 1]

―천상의 목소리[로레인/소모 영력 5초당 1]

―뇌 속성 중급 마법 라이트(Light)[포포리/소모 영력 3초당 1]

―화 속성 중급 마법 파이어(Fire)[파멜라지나/소모 영력 3초당 1]

―지 속성 중급 마법 더트(Dirt)[제피엘/소모 영력 3초당 1]

―투시[잘루스/소모 영력 1초당 1]

—타임 리와인드[샹체/소모 영력 10/1일 3회 제한]

—섀도우 워커[크라임/3초당 1]

—투명화[루/3초당 1]

음.

패시브 소울은 벨로아밖에 없잖아?

나머지는 죄다 액티브 소울이네.

게다가 투시는 사용할 경우 영력이 1초당 1씩 소모되어 버린다.

지금 내 영력이 25니, 최대 25초밖에 사용하지 못한다는 것이다.

섀도우 워커와 투명화도 3초에 1의 영력이 소비된다.

타임 리와인드는 게다가 하루 3회 제한이 걸려 있다.

3번 이상은 사용할 수 없다는 것이다.

"그래도 없는 것보단 낫지."

자, 그럼 계획을 세워보자.

일단 백설우를 납치한다는 앞뒤 없는 불도저식 계획은 취소다.

지금 내가 새로 얻은 능력은 다른 가능성을 제시해 주기 때문이다.

백설우를 치료하기 위해 가장 중요한 것은 매일 만나야 한다는 것이다.

내게는 섀도우 워커와 투명화가 있다.

이 두 가지 능력만으로도 백설우를 매일 만나는 건 가능하다.

섀도우 워커로 백설우의 방 안에 잠입해 그와 접촉하고 누군가 백설우의 방으로 다가오는 기척이 느껴지면 투명화로 내 모습을 숨길 수 있기 때문이다.

문제는 이런 능력을 사용해 백설우를 만나게 될 경우, 그에게 내가 특별한 힘을 가지고 있는 사람이라는 걸 알려줘야 한다는 것이다.

'그래도 될까?'

생각해 보면 카시아스는 내게 내 능력을 무조건 감추라고 한 적이 없었다.

레이브란데의 인과율에도 능력을 남에게 들키면 안 된다는 규칙은 존재치 않는다.

즉 남에게 능력을 알리든 말든 그건 내 마음이다.

다만 현대 사회에서 내 능력이 알려질 경우 적잖은 파장이 일어날 것이고 그 파장의 중심에 내가 서야 한다는 것을 각오해야 할 것이다.

하나, 백설우를 만나려면 그에게 날 드러내야 한다.

'어쩔 수 없어. 백설우를 믿는 수밖에.'

녀석이 나와의 비밀을 지켜주기를 바라는 것이 최선이다.

만약 첫날 대면한 뒤, 비밀을 지키지 못할 것 같다 싶으면 다시 찾아가지 않으면 그만일 테니.

'이번 의뢰는 동영상으로 남겨놓지도 못하겠군.'

완전히 봉사 활동이 되어버렸다.

하지만 난 그럼에도 백설우를 만나러 갈 것이다.

여러 가지 위험을 감수하고서라도 도와주고 싶을 만큼 녀석은 너무 어린 나이에 많은 짐을 짊어지고 있었다.

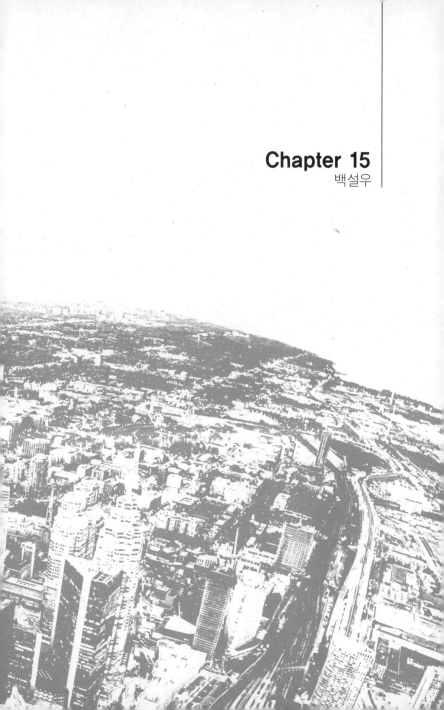

Chapter 15
백설우

　백설우를 만나기 위해서는 일단 그가 어디에 머물고 있는
지 알아내야 한다.

　로열 그룹 사장 백천호는 수많은 저택을 소유하고 있다.

　난 인터넷에서 그중 춘천에 그가 소유한 저택이 있는지 검
색했다.

　내가 백설우와 만났던 곳이 춘천이었기 때문이다.

　하지만 인터넷에서는 그에 대한 정보를 얻어낼 수가 없었
다.

　해서, 집을 나섰다.

　인터넷에 정보가 없다면 다른 방법으로 알아내야 한다.

난 택시를 잡아타고 정랑동 1002—7번지로 향했다.

*　　　*　　　*

택시에서 내려 익숙한 오피스텔 건물 앞에 섰다.

이 건물 302호는 사채업장이다.

이름은 친구 대부.

친구 대부 녀석들은 일전에 유주 누나의 가족을 괴롭히다가 내게 혼쭐이 난 적이 있었다.

난 마스크와 선글라스를 착용하고 손에는 목장갑을 낀 채로 건물에 들어섰다.

계단을 밟아 3층으로 올라가 302호로 다가갔다.

똑똑.

문을 두드리니 안에서 걸쭉한 음성이 들려왔다.

"네~ 들어오세요."

원하는 대로 문을 열고 들어갔다.

"무슨 일로 오셨……."

책상 앞에 앉아 거만하게 말을 하던 조철희가 날 보자마자 화들짝 놀라 일어섰다.

"커헉! 너, 너… 아니, 다, 당신은……."

"기억나?"

조철희가 헛숨을 컥컥 들이켜며 고개를 끄덕였다.

문 근처 소파엔 당시 나한테 당했던 놈들과 이석호도 보였다.

　이석호는 유주 누나를 대놓고 스토킹하며 돈 갚으라는 압박을 주던 놈이었다.

　"여, 여기 무슨 일로……."

　이석호의 이마에 식은땀이 맺혔다.

　조철희가 호랑이 같은 눈으로 부하들을 둘러보며 소리쳤다.

　"내가 한정태 씨 건드리지 말라 그랬지! 어떤 새끼야! 어떤 개새끼가 건드린 거야! 우리 회사 망하는 꼴 보고 싶어! 엉!"

　조철희는 옆에 세워두었던 야구방망이를 들고서 책상을 쾅쾅 내려쳤다.

　"나와! 내 이 개새끼 부숴놓을 테니까!"

　난 흥분해서 오버액션을 하며 날뛰는 조철희에게 말했다.

　"일단 그거 내려놓고."

　"네, 네!"

　조철희가 야구방망이를 얼른 옆으로 던졌다.

　"어이, 대가리."

　"저……."

　조철희가 우물쭈물하며 내 말을 끊었다.

　"뭐?"

　"저한테도 조철희라는 이름이 있는데요……. 애들도 보는

데 대가리라고 하는 게 조금⋯⋯."

이 자식이 내 앞에서 가오 잡으려 그러네?

그래, 뭐 그 정도 가오는 살려줄게.

지금은 내가 부탁하러 온 입장이니까.

"그래, 철희야."

"⋯네."

대답하는 목소리가 영 밝지 않다.

이름을 부르는 것도 기분이 별로인 모양이지?

내가 상관할 바 아니다.

"오늘은 깽판 치러 온 거 아니니까 너무 나대지 마라."

"그럼 왜⋯⋯?"

"부탁할 게 좀 있어서."

"무엇을⋯⋯?"

조철희의 안색이 점점 더 안 좋아졌다.

내가 말도 안 되는 부탁을 하려는 줄 아는 모양이다.

"백천호 알지?"

"백⋯ 천호?"

"로열 그룹 사장."

"아, 네⋯ 알기는 아는데 사적인 친분은 없는데요."

"그건 상관없고. 춘천에 백천호의 이름으로 된 저택이 있을 거야. 그걸 찾아."

"네? 저기⋯ 우리는 사채업자지 흥신소가 아닌데요."

이 자식이 그런데 끝까지 말귀를 못 알아먹네.

난 조철희에게 다가갔다.

조철희가 하얗게 질려 뒷걸음질 치다가 벽에 막혀 멈춰 섰다.

놈의 지척에 다다라서야 걸음을 멈춘 난, 정수리에 꿀밤을 한 대 놓았다.

딱!

"끄어억!"

딴에는 천천히 때린다고 했지만 쇠망치에 얻어맞은 기분일 것이다.

조철희는 정수리를 움켜쥐고 털썩 주저앉았다.

그 광경을 본 다른 놈들은 사색이 되었다.

"끄으으… 흐어. 흐끄윽!"

조철희가 숨도 제대로 못 쉬고서 괴로워했다.

"철희야."

"끄흐으……."

"대답 안 해? 한 대 더 때려줘?"

"아, 아니요! 아닙니다!"

"일어나."

"네!"

조철희가 고통에 일그러진 얼굴로 벌떡 일어섰다.

"웃어야지."

"우, 웃습니다!"

놈이 억지로 미소를 지었다.

"내가 여기 흥신소 아닌 거 몰라서 왔을까?"

"아, 아닙니다."

"그럼 왜 왔을까? 대답 잘해라."

내가 말하며 주먹을 들어 올리자 조철희는 눈을 데굴데굴 굴리더니 얼른 대답했다.

"제, 제가 아는 동생 중에 흥신소 하는 놈이 있습니다."

"그렇지?"

"그, 그렇죠."

"그럴 줄 알았어. 그 동생한테 춘천 어디에 백천호 사장의 저택이 있는지 알아보라 그래."

"아, 알겠습니다. 그런데… 착수금은……."

"무슨 착수금?"

조철희가 최대한 부드러운 음성으로 내게 말했다.

"그 동생 놈도 요새 경기가 안 좋아서요. 그래도 돈을 주고 일을 시켜야 하지 않을까 싶은데……."

"아, 그래서 나한테 착수금 달라는 거야?"

"꼭 그렇다기 보다는……."

"줬잖아?"

"네? 전 받은 게 없는데."

"뭘 안 받았어. 분명히 받았잖아."

"언제……?"

난 입꼬리를 말아 올리며 씩 웃었다.

그리고 조철희를 무섭게 쏘아봤다.

"네 목숨. 살려줬잖아. 그거보다 비싼 게 또 있어?"

말을 하며 살기를 방출시켰다.

순간 사무실에 있던 모든 녀석들이 컥컥대며 축 늘어졌다.

가장 가까이에서 살기에 얻어맞은 조철희는 게거품을 물었다.

"끄으… 흐으으."

"대답해. 줬어, 안 줬어?"

"줘, 줬습니다. 죄송합니다. 사, 살려주세요! 살려주십쇼, 형님!"

살기에 완전히 잡아먹힌 조철희가 날 형님이라고 부르며 구걸했다.

녀석은 바닥에 다시 엎어져 내 바지춤을 움켜쥐었다.

"사, 살려 주십쇼……. 살려만 주시면 뭐든 다 하겠습니다!"

"그 말, 지킬 자신 있지?"

"이, 있습니다."

조철희는 일전에 내가 마법을 시전하는 걸 직접 눈으로 봤었다.

그때에도 거의 바지에 오줌을 지릴 정도로 벌벌 떨었다.

그런데 이번에는 살기에까지 얻어맞았으니 날 거스르겠다는 생각은 못 할 것이다.

난 비로소 살기를 거두어들였다.

그제야 사무실에 있던 녀석들이 제대로 숨을 쉬었다.

"오늘 밤까지 알아내. 아홉 시에 다시 올 테니까."

"네? 그, 그때까지는 너무 시간이 촉박한데……."

"그래? 힘들면 천천히 해."

"감사합니다, 형님!"

"대신 내일 뜨는 태양은 못 보게 될 거다."

"……!"

"……!"

"……!"

그 자리에 있던 녀석들의 눈이 휘둥그레졌다.

놈들은 정말 죽을지도 모른다는 공포감에 휩싸여 바들바들 떨었다.

조철희가 가장 많이 떨고 있었다.

"어, 어떻게든 오늘 밤까지 알아오도록 하겠습니다! 그놈들을 다 족치는 한이 있더라도 그렇게 하겠습니다, 형님!"

"그래?"

"네!"

"알았다. 믿고 간다."

"조, 조심히 가십시오! 이따 뵙겠습니다!"

허리를 90도로 접는 조철희를 뒤로 하고 사무실에서 나왔다.

*　　　*　　　*

밤 아홉 시.

난 정확히 시간을 맞춰 사채업자들 사무실로 다시 갔다.

내가 문 앞에 서서 노크를 하기도 전에 문이 확 열렸다.

열린 문 너머에는 이석호가 서 있었다.

이석호의 뒤로 조철희와 다른 녀석들이 공손히 서서 내게 허리 숙여 인사했다.

"오셨습니까!"

"아이, 시끄러. 내가 깡패야? 인사를 뭐 이렇게 거창하게 해?"

그러자 조철희가 주변에 있던 부하들 뒤통수를 연거푸 때렸다.

퍼퍼퍼퍼퍽!

"앉아, 새끼들아! 그러니까 내가 그냥 무난하게 인사하자고 했잖아!"

조철희에게 얻어맞은 녀석들이 소파로 가서 앉았다.

그중 한 놈이 혼잣말로 중얼거리는 게 내 귀에 들렸다.

"지가 그렇게 하자고 해놓고선."

그에 웃음이 픽 나왔다.

나는 중얼거린 놈을 손으로 가리키며 말했다.

"철희야. 얘는 되게 억울한가 보다."

"네? 저 녀석이 뭐가 억울하답니까?"

"네가 시킨 거라는데?"

조철희가 호랑이 눈을 하고 그놈을 노려봤다.

중얼거린 놈은 난 죽었구나 하는 얼굴이 되었다.

조철희는 그 녀석에게 나중에 보자는 무언의 시선을 던졌다.

난 그런 조철희에게 다가가 물었다.

"알아냈어?"

"그럼요."

"어디에 있대?"

조철희가 작은 메모지 하나를 꺼내서 내게 건넸다.

"여기 주소 적어놨습니다."

메모지를 열어서 내용을 확인해 보았다.

'만천리 872—4번지.'

만천리면 동면에 있는 동네다.

"확실해?"

"확실합니다."

"알았어. 만약에 찾아갔는데 아니면 큰일 난다, 너."

"아, 알겠습니다."

"간다. 쉬어라."

난 사무실을 나왔다.

그러자 문이 탁 닫히며 픽! 하는 타격음이 들려왔다.

"억!"

비명 소리가 이어지고 조철희의 화난 고함이 연이어 터졌다.

"이 새끼야! 어디서 주둥이를 함부로 놀려! 뭐? 내가 시켜? 그래 내가 시켰다! 그래서 뭐? 근데 뭐? 이거 오늘 묻어버릴라니까!"

고생들이 많다.

*   *   *

택시를 타고 주소지를 찾아갔다.

"제대로 찾아왔나 보네."

내가 내린 곳엔 넓은 정원을 낀 거대한 저택이 하나 보였다.

정원엔 셰퍼드 두 마리가 묶여 있었고, 검은 정장을 입은 사람 넷이 주변을 감시하는 중이었다.

'그럼 시작해 볼까.'

"섀도우 워커."

난 섀도우 워커를 시전했다.

그러자 내 몸이 바닥에 깔린 그림자 속으로 녹아들었다.

그것은 신기한 경험이었다.

뭐라 말로 표현할 수 없을 만큼 오묘하고 기이했다.

그림자와 한 몸이 되어 빠르게 정원 안으로 들어섰다.

어둠이 내린 밤인지라 그림자는 사방에 깔려 있었고, 난 그림자들을 따라 정원을 가로질러 저택 안으로 잠입할 수 있었다.

정원에 있던 셰퍼드들이 이상한 기척을 감지했는지 컹컹! 짖어댔지만, 검은 정장의 경호원들은 엉뚱한 곳만 조사했다.

저택으로 들어오는 데까지 걸린 시간은 대략 10초 남짓.

영력은 3이 닳았다.

아직 20 이상의 영력이 남아 있었다.

난 집에 들어와서도 계속 그림자를 따라 이동하며 이 방 저 방을 드나들었다.

1층에는 백설우가 없었다.

2층으로 올라갔다.

그러는 사이 다시 20초가 흘렀다.

총 30초가 지나갔으니 영력은 10을 소모한 것이다.

2층에도 많은 방이 있었다.

가장 가까운 방부터 하나하나 들어갔다 나왔다.

그러다 드디어, 백설우의 방을 발견할 수 있었다.

백설우는 침대에 앉아 멍하니 창밖을 바라보고 있었다.

난 어둠 속에서 백설우의 방 곳곳을 살폈다.

다행히 방 안에는 감시 카메라가 없었다.

그림자 속에서 천천히 몸을 빼냈다.

백설우는 아직 내가 방 안에 들어온 것을 모른 채 여전히 창밖에만 시선을 두고 있었다.

그런 백설우의 뒤로 천천히 다가가 입을 탁 틀어막았다.

놀란 백설우가 몸부림쳤다.

'윽! 역시 힘이 장난 아니네.'

이 녀석은 인간의 영역을 벗어난 나조차도 힘으로 제압하기가 조금 버거웠다.

아무래도 육신의 힘을 컨트롤하는 기관이 망가진 모양이다.

사실 인간의 뇌는 몸에 무리가 갈 정도로 무리하지 못하도록 늘 제어를 하고 있다.

그런데 백설우는 그 제어장치가 없는 것 같다.

이런 식으로 힘을 써버리면 결국 다치는 건 자기 자신이다.

근육과 인대에 무리가 가서 나중에는 다 끊어지고 늘어날 게 뻔하기 때문이다.

난 백설우가 더 난리 치기 전에 귀에 대고 속삭였다.

"오들리. 난 오들리야."

그 말을 듣자마자 버둥거리던 백설우가 멈췄다.

"네가 게시판에 적은 글을 봤어. 그래서 몰래 여기까지 온 거야. 그런데 네가 소동을 피우면 난 찾아온 보람도 없이 돌아가야 돼. 무슨 말인지 알겠지?"

백설우가 고개를 끄덕였다.

"손 치울게. 소리 지르면 안 돼."

다시 고개를 끄덕이는 백설우.

나는 천천히 그의 입을 막고 있던 손을 치웠다.

백설우는 약속했던 것처럼 비명을 지르지 않았다.

대신 몸을 천천히 돌려 날 바라봤다.

오들리로 활동하는 나는 늘 마스크에 선글라스를 착용하고 있었다.

그래서 설우는 날 알아보지 못했……

"지웅이 형."

…어라?

"지웅이 형이다."

어, 어떻게 알았지?

갑자기 정체를 확 털려 버리니까 당황스럽기 그지없다.

일단은 잡아떼자.

"그게 무슨 소리야? 난 오들리야."

백설우는 고개를 세차게 저었다.

"나는 기억합니다. 그 목소리 기억합니다. 지웅이 형입니다. 지웅이 형이 맞습니다. 나를 구해준 형입니다. 목소리 잊지 못합니다. 잊을 수 없습니다."

허어… 혹시라도 목소리를 알아들을까 봐 평소보다 더 깔고 얘기했는데, 대번에 들켜 버렸다.

이렇게 된 바에야 더 정체를 숨길 이유가 없었다.

난 선글라스와 마스크를 벗었다.

"그래, 맞아. 나야."

"지웅이 형!"

백설우가 나를 와락 끌어안았다.

"쿨럭! 처, 천천히 해. 너 힘이 너무 세."

"아, 미안합니다. 아무튼 정말 반갑습니다."

나는 설우의 머리를 쓰다듬었다.

"나도 반갑다. 잘 지냈어?"

"잘 지내지 못했습니다. 그런데 오들리가 정말 지웅이 형입니까? 깜짝 놀랐습니다."

"나도 네가 한 번에 알아봐서 놀랐다. 일단 결론부터 말하자면 맞아. 내가 오들리야. 네 사연도 다 읽어봤고. 그래서 널 노와두러 왔어."

"그럼… 나를 죽여줄 겁니까?"

그리 묻는 설우의 눈빛이 너무나 슬퍼 보였다.

그 때문에 내 가슴이 먹먹해졌다.

"아니, 난 널 살릴 거야."

"살린다……? 저는 죽여달라고 했습니다."

"설우야. 아직 넌 할 수 있는 걸 다 안 해봤어. 그러니까 그런 말은 하지 마. 이제 겨우 열다섯 살밖에 안 됐다고, 너. 내가 도와줄게. 설우가 살 수 있도록."

"하지만 저는 하루하루가 괴롭습니다. 고통스럽습니다. 아무도 날 좋아하지 않습니다."

난 설우의 손을 꽉 잡았다.

"내가 널 좋아하잖아. 난 네가 살기를 원하잖아."

"아……."

설우의 눈에 눈물이 고였다.

"그러니까 형이랑 같이 한 번 더 힘을 내보자. 알았지?"

설우는 눈물을 주르륵 흘리며 고개를 끄덕였다.

"알겠습니다. 감사합니다."

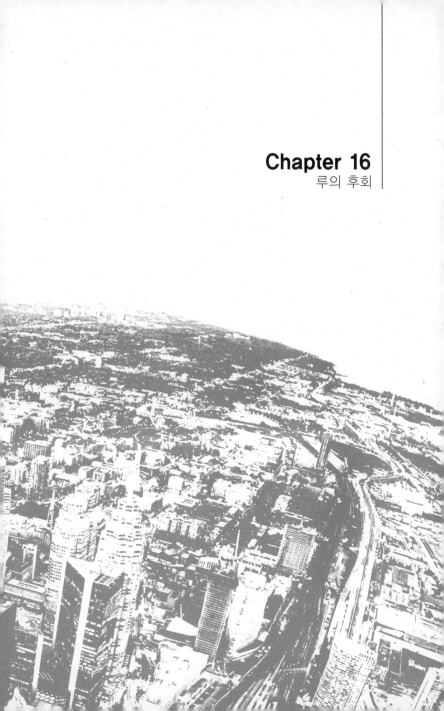

Chapter 16
루의 후회

"그런데 어떻게 들어오신 겁니까?"

설우가 뒤늦게 궁금해하며 물었다.

"형은 사실 마술사거든."

"마술사? 마술을 하는 사람을 텔레비전에서 본 적이 있습니다. 하지만 그건 다 속임수라고 했습니다."

"형은 진짜 마술사야. 속임수 같은 게 아니라."

"정말입니까?"

설우의 눈이 반짝반짝 빛났다.

"그럼, 정말이지. 그러니까 아무도 모르게 여기까지 들어왔지."

"신기합니다. 진짜 마술사는 처음 봅니다."

"그래서 형이 지금부터 마술로 설우의 아픈 곳을 고쳐 보려고 해."

"저는 머리가 아픕니다. 자폐증이라고 합니다. 뇌가 제대로 발달하지 못하고 균형이 어긋났습니다. 그래서 다른 사람들과 다릅니다. 의사 선생님이 그렇게 말했습니다."

설우는 자신의 상태에 대해서 아주 잘 알고 있었다. 그리고 그걸 인정하는 것 같았다.

"그래 맞아. 형도 알고 있어."

"그리고 이건 거의 고칠 수가 없다고 했습니다."

"형도 설우를 백 퍼센트 고칠 수 있다고 말 못 해. 아니, 오히려 못 고칠 가능성이 높지. 하지만 형의 마술로 하는 데까지는 해보고 싶어."

"어떻게 말입니까?"

"형은 여러 가지 마술을 할 수 있는데, 그중에 사람의 병을 고치는 마술도 있어."

"와~ 신기합니다! 그런 마술은 처음 들어봅니다."

"이제 시작할게. 설우는 아무것도 느낄 수 없겠지만 형을 믿어봐."

"알겠습니다. 형은 날 구해준 사람입니다. 믿을 수 있습니다."

"그래."

난 설우의 손을 잡은 상태로 라모나의 영혼을 설우에게 흘려 보냈다.

내 가슴에서 인 작은 빛이 팔을 타고 내려가 설우의 손으로 넘어갔다.

빛은 계속 움직여 설우의 가슴까지 가서야 사라졌다.

라모나의 영혼이 완벽하게 이전된 것이다.

그 상태에서 이번엔 비욘드 텅의 능력을 사용해 라모나의 능력을 증폭시켰다.

"이제 됐어."

"다 된 겁니까?"

"응."

"나는 아무것도 못 느꼈습니다."

"그게 당연한 거야. 하지만 나는 분명히 마술을 걸었어. 이제 설우의 아픈 곳이 고쳐지는지 안 고쳐지는지 지켜보면 돼."

"언제 고쳐집니까?"

"그것도 모르겠어. 하지만 내일 밤 이렇게 와서 형이 설우에게 마술을 걸어줄게."

"매일 밤 올 수 있습니까?"

"그럼. 형처럼 대단한 마술사는 이런 거 아무것도 아니야."

"정말 멋있습니다. 저도 지웅이 형처럼 되고 싶습니다."

"그럴 수 있을 거야. 그전에 우선 건강해져야겠지? 그러니까 설우도 마음 강하게 먹고 긍정적인 생각을 많이 해야 돼.

알았지?"

설우는 크게 고개를 끄덕였다.

"알겠습니다. 지웅이 형이 말한 대로 하겠습니다."

"그래. 오늘 형 만난 거 절대 비밀이야. 알았지?"

"아무한테도 말 안 합니다. 나만 알고 있을 겁니다."

"착하다. 그럼 형은 그만 가볼게."

"네. 내일도 꼭 오셔야 합니다."

"그럼~ 형이 마술 보여줄 테니까 잘 봐."

설우가 두 눈을 동그랗게 뜨고 날 지켜봤다.

난 씩 웃고서 섀도우 워커를 시전했다.

"섀도우 워커."

시전어와 동시에 내 몸이 그림자 속에 녹아들었다.

"우와……."

설우의 입에서 감탄이 터져 나왔다.

나는 그림자를 타고 방에서 빠져나와 계단을 타고 내려간 뒤 1층 현관을 벗어났다.

그러자 다시 개들이 컹컹! 짖으며 난리가 났다.

"이 녀석들이 오늘 왜 이래?"

"아까 뭘 잘못 먹었나?"

"아무것도 없는데 요란이네."

경호원들이 이해가 안 된다는 듯 말했다.

난 더욱 빨리 움직여 정원을 벗어나 저택에서 완전히 멀어

졌다. 그리고 개 짖는 소리가 그칠 때쯤 되어서야 그림자 속
에서 빠져나왔다.

"휴, 이제부터 시작이다. 형이랑 열심히 해보자, 설우야."

그날 이후 난 매일 밤 설우를 찾아갔다.

*　　　*　　　*

시간은 빠르게 흘러 학교는 개학을 했다.

낮에는 학교를 갔다가 하교하면 의뢰를 해결하러 다녔다.

그리고 밤에는 설우를 찾아가 비욘드 텅으로 라모나의 능
력을 증폭시켜 주었다.

그렇게 딱 열흘이 흘렀다.

오늘도 난 설우의 방으로 몰래 찾아들었다. 내가 그림자 속
에서 모습을 드러내자 설우가 반갑게 날 맞이해 주었다.

"지웅이 형~ 보고 싶었습니다."

"니도 보고 싶었나. 별일 없었지?"

"네. 아무 일도 없었습니다. 늘 방에만 있어서 지루합니다."

"책이라도 읽지 그러니."

"이미 이 저택에 있는 책은 다 읽었습니다. 그래서 인터넷
북을 다운받아 보고 있습니다. 그래도 지루합니다. 방 안에만
있어야 해서 지루합니다."

"너 책 읽는 거 좋아하는구나?"

"네. 좋아합니다. 책에는 많은 정보가 들어 있습니다. 모르던 것을 알게 해줍니다. 그래서 좋아합니다."

흠… 내가 알기로 자폐증을 앓고 있는 사람의 평균 아이큐가 70에서 80이라고 했던 것 같다.

한데 어쩌면 설우는 아이큐 자체는 엄청 높을지도 모르겠다.

요 며칠 설우와 교류를 하면서 알게 된 건데, 의외로 아는 것도 많고 다양한 방면에 지식이 해박했다.

말이 좀 어눌해서 그렇지, 멍청한 얘기를 한 적도 한 번 없었다.

"손 줘."

"네."

내 말에 설우가 바로 손을 내밀었다.

난 설우의 손을 잡고서 비욘드 텅으로 라모나의 능력을 증폭시켰다.

그러자 설우가 빙그레 미소 지으며 말했다.

"지웅이 형이 뭘 하는 건지 잘 모르겠고, 내 안에서 어떤 변화가 일어나는 건지도 알 수 없지만, 이 순간이 가장 기분 좋아요."

"그래? 기분이라도 좋으니 다행… 잠깐만. 너 방금 뭐라 그랬어?"

"기분이 좋다고 그랬습니다."

"아니… 너 안 그랬어. 이랬습니다, 저랬습니다. 어떻습니

다. 늘 딱딱하게 말하던 애가 이번에는 '기분이 좋습니다' 가
아니라 '기분이 좋아요' 라고 했다고."

"제가 그랬어요?"

"방금도! '그랬습니까?' 가 아니라 '그랬어요?' 라고 했잖아!"

"어… 진짜…….."

설우의 눈이 휘둥그레졌다.

"설우야. 아무래도 이거 차도가 있는 것 같아."

"그런가 봐요. 저 괜찮아지고 있는가 봐요!"

"분명히 괜찮아지고 있는 거야!"

생각보다 설우의 상태가 그렇게 나쁘지는 않았던 모양이다.

하지만 로열 그룹의 사람들은 설우가 자폐아라는 것 하나
만으로 장애인 취급을 했다.

만약 누군가 설우의 입장을 이해해 주고 사랑으로 보살펴
나갔더라면 어떻게 되었을까?

자폐증이 있다고 하더라도 일반인과 크게 다르지 않은 생
활을 하는 게 가능했을 것이다.

그러나 누구도 설우를 그렇게 이끌어 가려 노력하지 않았다.

그저 배척하고 짐처럼 생각했다.

그 안에서 설우는 점점 더 고립되어 갈 뿐이었던 것이다.

발작도 그래서 일어났던 것이겠지.

'맞아. 어떤 드라마 속에서는 자폐아가 의사를 하기도 했
었잖아?'

설우는 충분히 고쳐질 수 있다.

서로 맞지 않던 뇌의 불균형이 라모나의 능력으로 균형을 되찾고 있는 중이다.

"형… 나 정말 괜찮아지는 거예요?"

설우가 눈물을 흘리며 물었다.

난 그런 설우의 머리를 쓰다듬었다.

"넌 원래 괜찮았어. 다만 보통 사람들과 약간 다를 뿐이었지. 그건 네 잘못이 아니었어. 단지 아팠던 것뿐이니까. 하지만 이제 아픈 걸 다 치료하고 나면 넌 누구보다 멋진 사람이 될 거야. 정말이야, 설우야."

"지웅이 형……."

설우가 내 품에 푹 안겨 숨죽여 흐느꼈다.

지금 이 저택은 설우에게 창살 없는 감옥이나 마찬가지다.

설우는 마음대로 웃을 수도, 울 수도 없었다.

일거수일투족을 감시받고 있었기 때문이다.

나는 설우의 등을 천천히 쓸어주었다.

이제 거의 다 됐다.

설우는 완치될 수 있다.

*   *   *

집으로 돌아가는 길.

보통 사람과 다를 것 없이 자연스럽게 얘기하던 설우의 모습이 계속 떠올라 가슴이 벅차올랐다.

기분이 좋으니 콧노래가 절로 나왔다.

"으흠흠~"

내가 무슨 노래를 흥얼거리는지도 모른 채 걸음마저도 리드미컬해졌다.

집으로 가는 골목에 들어서서도 내 콧노래는 멈출 줄을 몰랐다.

그런데.

"신났네."

"깜짝이야!"

어둠 속에서 갑자기 모습을 드러낸 고양이 한 마리가 좋았던 기분을 땅바닥으로 끌어 내렸다.

카시아스였다.

"뭐야, 갑자기?"

"너야말로 징그럽게 콧노래를 부르고 뭐하는 거야? 좋은 일이라도 있냐?"

"있지."

"뭔데."

"아픈 아이의 인생을 바꿔주게 되었지."

"인생을 바꾼다… 마치 자기가 신이라도 되는 듯 얘기하는군."

"시비 그만 걸고. 왜 찾아왔어?"

"……."

"말을 안 해?"

카시아스가 작게 한숨을 내쉬더니 맘에 안 든다는 듯 따져 물었다.

"넌 날 보면 늘 그 말밖에 할 게 없냐?"

"무슨 말?"

"왜 찾아왔냐며."

"용건이 있으니까 왔을 거 아니야."

"전에도 말했지만 그냥 찾아올 수도 있다고 했잖아."

"아, 그랬었나?"

"만날 때마다 기분 잡치게 하는군."

"미안. 네 순수한 의도를 내가 또 오해했다."

카시아스가 바닥에서 폴짝 뛰어 내 어깨에 올라탔다.

난 그 상태에서 집을 향해 걸음을 옮겼다.

"이렇게 널 태우고 움직이는 건 또 오래간만이네."

"그런가."

"그렇지. 요새 우리 자주 못 보잖아. 네가 거의 안 찾아오니까."

"그렇군."

"…너 솔직히 말해. 할 말 있어서 왔지?"

카시아스는 내 시선을 외면했다.

그 행동이 더 나를 의심스럽게 만들었다.

"용무가 있어서 온 거잖아. 어서 얘기해."

"…다운 타운. 다시 안 갈 거냐?"

역시 그랬어!

우와, 하마터면 깜빡 속을 뻔했네.

처음에는 그냥 찾아왔는데 사람 서운하게 만든다는 뉘앙스를 꽉꽉 풍겨서 날 미안하게 만들더니만!

"하여튼 솔직하지 못한 놈이라니까."

"놈이 아니다. 여자라고, 나는."

"그게 중요하냐?"

"안 중요해? 다시 사람으로 변해서 유혹해 줘?"

"절대 사양하겠어! 아무튼 용무가 있어서 찾아온 거 맞네."

"대답이나 해라. 다운 타운에 다시 갈 생각이 없냐고 물었다.

"없다니까. 그 미친 곳을 왜 또 가냐고."

"당장 가라고는 하지 않겠어. 하지만 나중에 여유가 조금 생기면 나와 함께 다운 타운으로 가줬으면 해."

어라?

이 녀석이 왜 이렇게 저자세로 나온대?

"지금 부탁하는 거야?"

"그래. 부탁을 들어주기 힘들다면 이렇게 하지. 난 네게 레이브란데의 인과율을 시전함으로써 네 인생을 바꿔놓았다. 그 보답으로 다운 타운에 가달라고 하면 어떻지?"

"아니 뭐··· 네가 그렇게까지 말하는데 내가 안 갈 수는 없지."

"가겠다는 건가?"

"그래. 당장은 힘들겠지만 네 말대로 여유 있을 때 가자."

"고맙군."

으아 적응 안 돼.

차라리 날 무시하고 짓밟고 깔아뭉개는 게 낫지.

카시아스의 이런 저자세는 정말 적응이 안 된다.

괜히 손발이 오그라드는 기분이다.

"너 근데 오늘따라 유난히······."

내가 카시아스에게 말을 거는 찰나.

띠링!

루의 후회가 발동했습니다. 수락하시겠습니까?

[Yes/No]

···영혼의 퀘스트가 발동했다.

『데일리 히어로』6권에 계속···

강준현 장편 소설

FUSION FANTASTIC STORY

개척자

Pioneer

『복수의 길』의 강준현 작가가 선보이는
2015년 특급 신작!

글로벌 기업의 총수, 준영.
갑자기 찾아온 몽유병과 알 수 없는 상황들.

"…누구냐, 넌?"
혼돈 속에서 순식간에 바뀐 그의 모든 일상,
소식 끊긴 봄도, 엄청난 돈도, 뛰어난 머리도 모두, 사라졌다!

스스로도 알 수 없는 낯선 대한민국의 밑바닥부터
다시 시작해야 하는 준영.

"젠장! 그래, 이렇게 산다!
대신 나중에 바꾸자고 하면 절대 안 바꿔!"

그는 과연 이 상황을 극복하고 자신의 운명을
새롭게 개척해 나갈 수 있을 것인가!

Book Publishing CHUNGEORAM

유행이 아닌 자유추구 -
WWW.chungeoram.com

글샾 장편 소설

FUSION FANTASTIC STORY

세상을 다 가져라

[세상을 다 가져라]

문피아 선호작 베스트 작품 전격 출간!
현대판타지, 그 상상력의 한계를 넘어서다!

권고사직을 당한 지 2년째의 백수 권혁준.

우연히 타게 된 괴상한 발명품으로 인해
과거로 회귀한다!

그런데
과거로 온 혁준의 손에 들려 있는 것은 바로
최신형 스마트폰!

"까짓 세상, 죄다 가져 버리겠다 이거야!"

백수였던 혁준의 짜릿한 인생 역전이 시작된다!

Book Publishing CHUNGEORAM

유행이 아닌 자유추구~
WWW. chungeoram.com